Die 12. Nacht

Nika Lubitsch

Weihnachtsthriller

Monika von Ramin
Lindenthaler Allee 36
14163 Berlin
Tel. 030 770 59 774
nikalubitsch@yahoo.de

Lektorat & Korrektorat: Regine Weisbrod,
www.lektorat-weisbrod.de
Satz: Corinna Rindlisbacher, www.ebokks.de
Umschlaggestaltung: Catrin Sommer, www.rausch-gold.com
Fotos: shutterstock 4761338

Die 12. Nacht

An Epiphanias haben sie die Toten im Brunnen gefunden. Zuerst hatten sie nur einen kopflosen Körper über dem Brunnenrand hängen sehen. Die sofort alarmierte Tatortgruppe der Thüringer Polizei aber förderte zwei weitere Leichen aus dem Brunnen zutage. Und einen abgetrennten Kopf. Der Hof bot ein Bild des Grauens.

Sie legten die Leichen nebeneinander in den schnell tauenden Schnee. An ihren blonden Haaren hingen blutige Eisklumpen. Hellrote Blutgerinnsel mäanderten sich durch die Schneenarben auf dem Hof zu den Ställen. Die Hosen der Frauen waren geöffnet worden – nicht mit dem Reißverschluss, sondern mit einer Axt. Jemand hatte den Frauen den Bauch gespalten. Fassungslos beugten sich die Beamten über die leblosen Körper. Sie konnten nicht glauben, was sie in den riesigen, klaffenden Wunden sahen. „Kohle“, sagte der dicke Polizist, der als Erster am Tatort gewesen war, bevor er sich geräuschvoll in den Brunnen übergab.

„Frau Holle“, sagte ein anderer.

Und alle nickten stumm.

Oktober, Berlin

„Ich will aber nach New York", beharrte ich. Wie betrunken muss man eigentlich sein, um sich von seiner Freundin überreden zu lassen, die Weihnachtsfeiertage in der Pampa zu verbringen? Wir hingen über unserem dritten *Suffering Bastard* im *Green Door* – und das nach einem kalorienarmen Salat ohne alles.

„Nicole, kannst du es wirklich verantworten, mich mit einem Wolfsrudel alleine zu lassen?", fragte Sarah und hatte jenen hilflosen Ausdruck in ihren graublauen Augen, der ohne Umweg über das Gehirn sofort meinen Beschützerinstinkt ansprach. So schaute sie, wenn sie umzog und jemanden suchte, der ihr half, ihre Bude in Kisten zu verpacken und an anderer Stelle wieder einzuräumen, oder wenn sie eine Lektorin für ihre Examensarbeit brauchte. Es war also ein sehr großer Gefallen, um den ihre Augen flehten, nicht nur ein „Kannst du mir was vom Bäcker mitbringen"-Gefallen.

Seit ich ihr vor über fünfundzwanzig Jahren auf dem Spielplatz in Friedenau ihre Sandburg zerstört hatte, war Sarah meine beste Freundin. Sie hat mich beim Abitur durch die Matheprüfung geschummelt, und ich habe dafür ihre Deutscharbeit geschrieben.

Ein paar Wochen zuvor war aus meiner Freundin Sarah, der Software-Entwicklerin, die Besitzerin eines alten Gehöfts in Thüringen geworden, das ihr überraschenderweise ein Onkel vermacht hatte, der ebenso überraschend früh das Zeitliche gesegnet hatte.

„Du musst es dir angucken, ich brauche deinen Rat“, flehte sie mich an. Sarah liebäugelte damit, das Haus zu behalten und darin ein *Wohlfühl-Hotel* zu eröffnen, wie sie es nannte. „Für Ruhesuchende, so ganz im alten Stil.“

Die Vorstellung, dass meine beste Freundin bald nicht mehr in Kreuzberg, sondern auf dem Eselsberg wohnen würde, fühlte sich an, als ob meine Seele drohte, unter eine Schrottpresse zu geraten. Ich musste Schaden abwenden.

Wir schlossen einen Deal: Ich würde ihr ein Werbekonzept für ihr Hotel schreiben. Das war schließlich mein Beruf, jedenfalls so lange, bis ich von den Liebesromanen, die ich schrieb, würde leben können. Dafür würde sie mir die tollsten Urlaubstage meines Lebens bieten. Ganz kitschig, wie im Märchen, mit Weihnachtsgans, Bratapfel und gemütlichen Spaziergängen im vielleicht sogar verschneiten Winterwald. Wir würden einen Baum abholzen und ihn gemeinsam schmücken, uns vor dem bullernden Ofen rekeln, lesen und uns den Mund fusselig quatschen.

„Und deine Familie ertragen“, sagte ich. Meine Abneigung gegen ihre Schwester Jennifer konnte ich kaum verbergen. Wenn ihre Mutter Maria dabei war, benahmen sich Jennifer und Sarah immer wie Pubertierende.

„Die sind doch nur zwei Tage da, danach machen wir es uns alleine so richtig gemütlich“, versprach Sarah.

„Einsam und allein“, sagte ich, damit sie nicht den Eindruck bekam, dass es mir leichtfiel, ihrer Bitte nachzukommen. Meine Eltern waren mal wieder auf Gran Canaria, und mein letzter Lover war seit drei Wochen Geschichte.

„Und in New York bist du nicht allein?“, fragte sie scharfsinnig. Ich schloss die Augen, alles drehte sich ein wenig um mich. Wie in einem Kaleidoskop sah ich mich Heiligabend in meinem Hotelbett im *Marriott Marquis* sitzen, ein Clubsandwich mümmeln und mit meinen Eltern skypen. Anschließend vielleicht *Criminal Minds* auf Fox – und das war's dann. Ich hasse Heiligabende.

„Gemeinsam kriegen wir alles hin“, erinnerte sie mich und versuchte, den Barkeeper unserer Schöneberger Lieblingskneipe auf sich aufmerksam zu machen. „Uns haut es gemeinsam vom Hocker, wenn wir noch so einen Cocktail trinken“, wandte ich ein. Meine Gegenwehr war allerdings geschwächt, und so landete nicht nur ein vierter *Suffering Bastard* vor meiner Nase, sondern ich sagte zu, meinen Weihnachtsurlaub nicht am Times Square, sondern mitten im Thüringer Wald zu verbringen.

Dreikönigstag

Ich kauere in der Küche hinter dem schweren Holztisch und zittere. Obwohl die Heizung wieder läuft, kann ich nicht aufhören, mit den Zähnen zu klappern und zu bibbern. Ob mir jemals im Leben wieder warm werden wird? Kriminalkommissar Schröder schiebt mir den Becher mit dem Tee hin. Auch der Tee ist inzwischen kalt. Schröder hat eine Halbglatze, seine Pausbäckchen sind gerötet und glänzen wie ein polierter Weihnachtsapfel.

„Erzählen Sie, was passiert ist", sagt sein Kollege, Kriminaloberkommissar Reinhard von der Landespolizeiinspektion Suhl. Er ist hager, dafür hat er volles, graues Haupthaar und trägt eine runde Hornbrille auf der schmalen Nase, was ihm ein fast intellektuelles Aussehen verleiht.

„Brauche ich einen Anwalt?" Was frage ich eigentlich, natürlich brauche ich einen Anwalt. Die Tatortgruppe der Thüringer Polizei hat den Hof weiträumig abgesperrt. Was überhaupt nicht nötig ist, denn das Gehöft liegt einsam in einer Talsenke mitten im Thüringer Wald.

„Wenn Sie das wollen", sagt Reinhard. „Vielleicht erzählen Sie uns erst einmal, wie Sie hierhergekommen sind. Und in welcher Beziehung Sie zu den Toten stehen."

„Ich kenne hier aber keinen Anwalt." Mir ist so kalt und ich bin so müde, dass ich nicht mehr klar denken kann. Kenne ich überhaupt einen Anwalt? Klar kenne ich einen, meinen Exlover, aber ist der auch Anwalt für Strafrecht?

Denn hier geht es um nichts weniger als um Mord. Ein Anruf würde nicht schaden.

„Darf ich telefonieren?“, frage ich die beiden Polizisten. Seitdem die Polizei hier ist, gibt es wieder Strom auf dem Hof.

„Natürlich“, sagt der Oberkommissar. Ich zwänge mich zwischen Bank und Küchentisch hindurch, um an das Telefon zu gelangen, das in der Diele steht. Auch in den Knien scheine ich Wackelpudding zu haben, ich kann kaum laufen. Maiks Nummer habe ich noch im Kopf. Sogar die seiner Kanzlei.

„Hier ist Nico“, sage ich, als seine Anwaltsgehilfin mich mit ihm verbunden hat.

„Nico! Was für eine Überraschung!“ Es hört sich an, als ob er sich über meinen Anruf freut.

„Ich brauche Hilfe“, sage ich. „Draußen liegen drei Tote. Die Polizei ist hier.“

„Moment, langsam, Nico, wo bist du?“

„Auf Sarahs Hof in Thüringen. Es gibt drei Leichen. Die Polizei hat sie eben aus dem Brunnen gefischt.“

„Und was hast du damit zu tun?“, fragt er.

„Ich bin Zeugin. Oder Tatverdächtige? Ich weiß es nicht.“

„Was? Okay, warte, sag nichts. Jedenfalls nichts zur Tat. Gib mir die Adresse, ich schicke dir erst einmal einen Kollegen aus Coburg und komme dann so schnell es geht. Kann die Polizei mithören?“

„Nein.“

„Hast du etwas mit den Morden zu tun?“

„Ja“, sage ich, „beeil dich.“

Kriminalpolizeiinspektion Suhl

Ich sage also nichts. Zunächst jedenfalls. Nicht ohne meinen Anwalt. Auf dem Hof durfte ich mich noch umziehen. Meine nassen, blutbespritzten Klamotten haben sie den Tatortermittlern übergeben. Sie haben mich in einen Polizeiwagen verfrachtet und nach Suhl gebracht. Erstaunlich, wie schnell sie es geschafft haben, die Zufahrt freizuräumen. Sarah, Maria und Jennifer hatten sie bereits vorher abtransportiert.

Während ich in einem schmucklosen Raum mit weißen Wänden an einem Tisch mit einer Platte aus Kieferimitat auf den Anwalt aus Coburg warte, frage ich mich, ob sie hier eigentlich nicht genug Fichten haben, um ihre offiziellen Stellen damit einzurichten. An der Wand hängt ein Kalender der Freiwilligen Feuerwehr Suhl. Das Bild eines verschneiten Tals mit einem wunderschön erleuchteten Weihnachtsbaum im Vordergrund zeigt noch den Monat Dezember an. Der dreiundzwanzigste Dezember ist mit einem roten Rechteck gekennzeichnet. Dreiundzwanzigster Dezember. Letztes Jahr.

Noch nicht einmal zwei Wochen ist das her. Mir kommt es vor, als ob mein letzter Arbeitstag und das Leben in Berlin Jahrzehnte zurückliegen. Ich schließe meine von der Müdigkeit brennenden Augen und wandere in Gedanken zurück in die Agentur.

Der 23. Dezember

Den Letzten beißen die Hunde. Und Werbeagenturen sind die Allerletzten. Zumindest, wenn es um das Jahresendgeschäft geht. Da muss die öffentliche Hand noch die letzten Kröten der Steuerzahler unterbringen, also in etwa drei Viertel des Jahresetats, den mal wieder niemand geschafft hat, in den elf Monaten zuvor auszugeben. Da müssen Unternehmen ganz schnell Leistungen einholen, um aus steuerlichen Gründen den Jahresgewinn zu schmälern. Und allen fällt ein, dass sie dringend superkreative Weihnachtsgeschenke für ihre Kunden benötigen. Um den zehnten Dezember werden Webeagenturen zur Hölle, denn das ist genau der Zeitpunkt, an dem jeder erstaunt feststellt, dass in zwei Wochen überraschend und unerwartet Weihnachten ist und das Steuerjahr nur noch einundzwanzig Tage hat.

Natürlich hatte unsere Agentur zwischen Weihnachten und Neujahr bis auf eine Notbesetzung geschlossen, die Tage zwischen den Jahren waren meinem Chef heilig. „Da bleibt die Welt stehen“, sagte er jedes Jahr auf unserer Weihnachtsfeier, die wir, „wie jede gute Agentur“, am vierundzwanzigsten Juni mit Grill und eisgekühlter Bowle begingen.

Kurzum, ich hatte seit Wochen keinen freien Tag gehabt und war nie vor Mitternacht aus der Agentur gekommen.

Eigentlich hätte ich es mir denken können, dass ich am dreiundzwanzigsten Dezember nicht um die Mittagszeit in meinen wohlverdienten Weihnachtsurlaub verschwinden konnte. Ich war selbst schuld, warum war ich noch mal zurückgegangen und hatte das Telefon abgenommen, obwohl ich bereits den Mantel anhatte. Unser größter Kunde wollte noch ganz schnell eine Anzeige in den überregionalen Tageszeitungen zum Jahresende schalten, um sich bei seinen Kunden zu bedanken. Idiot, hätte ihm das nicht früher einfallen können? Ich hatte mich also in Mantel und Handschuhen hinter den Computer geklemmt und wütend einen Anzeigentext fabriziert. Nachdem ich das Ding meinem Kunden mit den allerbesten Weihnachtswünschen gesendet hatte, mischte ich noch die Grafik und die Mediaabteilung auf und delegierte den Rest an die Kontakterin. „Merry Christmas and a happy New Year", rief ich laut ins Rund und zog schnell die Tür hinter mir zu, ich musste dringend auf die Piste.

Auf dem Weg

Als ich es mir endlich hinter dem Steuer gemütlich gemacht hatte, schaute ich auf die Uhr. Es war bereits kurz nach zwei. War es nur ein dunkler Tag oder setzte wirklich bereits die Dämmerung ein?, fragte ich mich angesichts des dunkelgrau verhangenen Himmels. Ich erwischte Sarah auf ihrem Handy, als sie bei *Rewe* in irgendeinem Dorf, dessen Namen ich nicht so genau verstand, einkaufte: „Ich düse jetzt ab."

„Speck oder Kassler?“, fragte sie mich.

„Hä?“

„Magst du den Grünkohl lieber mit Bauchspeck gekocht oder mit Kassler?“

„Ich mag überhaupt keinen Grünkohl!“, rief ich.

„Okay, dann mit Kasslerbauch. Fahr vorsichtig!“

Ich suchte ihre Adresse in meinem Smartphone und drückte auf Start. Das im Auto eingebaute Navi hatte letztes Jahr seinen Geist aufgegeben.

Natürlich fuhr ich nicht vorsichtig, schließlich musste ich *Mrs Applebee*, wie ich das Navi in meinem Smartphone liebevoll nannte, beweisen, dass ich die Strecke viel schneller als in vier Stunden schaffen konnte. Als das Schild *Beelitzer Heilstätten* in Sicht kam, war es bereits stockduster. Die Autobahn war erwartungsgemäß voll, halb Deutschland schien sich in den Weihnachtsurlaub begeben zu haben.

An der Ausfahrt Vockerode fing es an zu nieseln. Na prima, ich war zwar nicht nachtblind, aber Dunkelheit und Nieselregen waren eine unselige Mischung und erinnerten mich daran, dass ich schon seit Monaten zum Augenarzt gehen wollte. Zum fünften Mal auf dieser Fahrt ließ ich genervt „Last Christmas“ über mich ergehen, weil ich die Verkehrsnachrichten hören wollte. Zwölf Kilometer Stau zwischen Eisenberg und Hermsdorfer Kreuz. *Mrs Applebee* versicherte mir, dass ich noch auf der schnellsten Strecke wäre.

In Köckern legte ich einen Boxenstopp ein und holte mir einen Milchkaffee und einen Muffin, damit ich den Stau zumindest zur Nahrungsaufnahme nutzen konnte.

Während ich den heißen Milchkaffee schlürfte und auf die roten Bremslichter eines Lastwagens mit der Aufschrift *Hartung Brennholz* starrte, dachte ich über Sarah und ihr Retrohotel nach.

Natürlich war ich nicht eine Sekunde dazu gekommen, all die Bücher und eBooks, die ich bereits im Oktober bestellt hatte, durchzuforsten, um daraus irgendwie Honig zu saugen. Egal, sagte ich mir, wir haben tagelang Zeit. Ich würde es mir vor dem Ofen mit den *Märchen und Sagen aus Thüringen und Sachsen* und den Abhandlungen über die *Riten und Gebräuche des Thüringer Waldes* gemütlich machen. Dazu hatte ich noch eine Gesamtausgabe der *Grimms Märchen* geladen. Am Morgen hatte ich die Bücher und mein randvolles eBook zu meinen Klamotten in den Koffer geschmissen und noch eine Kiste Rot- und eine Kiste Weißwein aus dem Agenturbestand als kleine Sachspende dazu auf den Rücksitz geladen.

Während es nur meterweise vorwärtsging, schaute ich auf die Temperaturanzeige. Vier Grad. Ich wischte mir die Muffin-Krümel von meinem Pullover und schüttelte über meine eigene Blödheit den Kopf. Ich hatte mich nicht nur schlecht, sondern gar nicht auf diese Reise vorbereitet. Wieder einmal musste mein Job als Ausrede für meine Schlamperei herhalten. In der Werbung ist eine Vierzigstundenwoche ein Halbtagsjob. Das war das Erste, was ich während meines Studiums bei einem Agenturpraktikum gelernt hatte, und seither war das meine Lieblingsentschuldigung.

04° C. Die Zahl auf meinem Armaturenbrett zog mich magisch an. Was, wenn es am Abend kälter werden würde? Immerhin, ich hatte die Winterreifen noch vom letzten Jahr drauf. In diesem Stau wurde mir zum ersten Mal bewusst, dass ich in die Berge fahren würde. Alles, was ich bisher von Thüringen gesehen hatte, waren Erfurt und Weimar. Thüringer Wald? Das war doch ein Mittelgebirge, oder? Also keine Alpen, sondern sanfte Hügel und Täler, beruhigte ich mich.

Nach gefühlten drei Stunden ging es endlich wieder ein wenig flotter voran. Trotzdem war es bereits nach sechs, als ich in Erfurt endlich die A 4 verlassen konnte. Kaum war ich in Ilmenau auf die Landstraße eingebogen, stiegen aus dem Tal Nebelschwaden empor. Je tiefer ich in einer großen Kehre in das Tal eintauchte, desto schlechter wurde die Sicht. Zwei Grad Celsius. Ich hatte Mühe, die Straßenschilder zu erkennen, während meine Scheibenwischer einen aussichtslosen Kampf gegen die Nebelnässe führten.

Langsam wurde mir in der stickigen Luft des Wagens heiß. Ich ließ das Fenster herunter, die feuchte Luft raubte mir schier den Atem. Was, wenn es noch kälter werden würde? Beim Eintauchen in das Nebelloch ging ich vorsichtshalber vom Gas, aber mein Thermometer gab Entwarnung. Blitzeis war das Letzte, was ich jetzt brauchte.

Solange ich neben der Eisenbahnstrecke fuhr, war die Szenerie noch halbwegs ausgeleuchtet. Dass Thüringer Wald jedoch buchstäblich Wald bedeutet, wurde mir klar, als ich mich zwischen hohen Nadelbäumen auf einer einspurigen, kurvigen und unbeleuchteten Landstraße wiederfand. Deshalb atmete ich auf, als ich endlich zu einem

Dorf kam, das über eine, wenn auch spärliche Straßenbeleuchtung verfügte. Die Häuser standen grau und fast drohend am Straßenrand. In den meisten Fenstern brannte kein Licht. Wo waren die Menschen? Waren die Häuser nicht bewohnt? Es war finster wie im Mittelalter, jedenfalls so, wie ich mir das finstere Mittelalter vorstellte. Im Schein einer der Straßenfunzeln sah ich, dass die Häuserwände aus Schieferschindeln bestanden. Ich kam also zum Schiefergebirge, davon hatte ich schon mal gehört.

Kaum hatte ich den Ort verlassen, umfing mich wieder dichter, dunkler Wald. Im aufgeblendeten Fernlicht sah ich den Nebel aus den Niederungen emporsteigen. Was für eine unwirtliche Gegend! Ich dachte an das weihnachtliche New York, das aus allen Knopflöchern leuchtete. Wäre ich bei meinem Plan geblieben, würde ich wahrscheinlich bald in JFK landen. Warum hatte ich nur zugesagt, in diese Einöde zu fahren? Im nächsten Dorf strahlte zumindest ein Weihnachtsbaum vor einem Gebäude, das offensichtlich das Rathaus war. Und schon verschluckte mich wieder die Dunkelheit. Wie gut, dass *Mrs Applebee* zwischendurch mit mir sprach, ich hätte mich glatt in der Stille des Wagens gegruselt. Das Radio wollte ich nicht anmachen, da ich Angst hatte, *Mrs Applebee* nicht zu verstehen und mich in dieser Wildnis zu verfahren.

Als ich an eine Weggabelung kam, wartete ich auf einen aufmunternden Zuruf aus meinem Smartphone, das aber angelegentlich schwieg. Wie jetzt? Ich blieb direkt vor der Weggabelung mitten auf der Straße stehen und griff nach meinem Handy.

Nichts. Nada. Niente. Verdammt. Mein iPhone hatte keinen Saft mehr. *Mrs Applebee war verstummt.* Ich hatte es doch gestern Nacht aufgeladen, oder? Und jetzt? Mir brach der Schweiß aus. Denn mein Autoladekabel war durch einen falschen Tritt meines letzten Lovers unbrauchbar geworden. Das war zwar schon über vier Monate her, aber ich war bisher einfach nicht dazu gekommen, mir ein neues Kabel zu bestellen.

Und jetzt? Ich schaltete für alle Fälle die Warnblinkanlage an und stieg aus. Hinter meinem Sitz musste doch irgendwo der Shell-Atlas liegen, zumindest hatte ich ihn dort beim Saugen im Frühjahr gesehen. Hatte ich irgendwo die richtige Adresse von Sarah, außer in meinem Handy?

Mein Herz schaltete einen Gang höher. Ich stand bei Nacht und Nebel mitten im Wald, hatte keine Ahnung, wo ich war, und noch weniger, wo ich hinmusste. Nico, die Dramaqueen. Langsam, ganz ruhig, keine Panik. Immerhin, die Straßenkarten hatte ich gefunden. Hatte ich die Adresse irgendwo aufgeschrieben? Nein, hatte ich nicht. Aber Sarah hatte mir ein Foto gemailt und die Adresse inklusive Anreisebeschreibung. Die Mail hatte ich ausgedruckt. Und in der Agentur auf dem Schreibtisch liegen lassen, nachdem ich die Adresse in mein Handy eingegeben hatte.

Da half nur eins, ich musste Sarah anrufen. Gab es hier irgendwo ein öffentliches Telefon? Bestimmt. In einer Gastwirtschaft. Oder auf einer Tankstelle. Ich brauchte die Adresse, den Rest würde ich auf der Karte finden. Also ruhig Blut und weiter auf der Route. Ich fuhr bis zum nächsten Ort, aber auch hier waren die Fenster dunkel. Waren die Bewohner alle im Weihnachtsurlaub? Oder schauten die nach hinten raus Fernsehen und sparten einfach Strom? Ich durchquerte den Ort, ohne eine menschliche Seele gesehen zu haben, dafür funkelten mich zwei gelbe Augen wütend an. Klar, dass sich hier die Füchse *gute Nacht* sagten.

Wieder landete ich im tiefen Wald. Aus dem Augenwinkel sah ich auf meinem Armaturenbrett etwas blinken. War doch klar, dachte ich, Murphys Gesetz, *0.0° C*. Vorsichtig versuchte ich zu bremsen. Noch war es nicht glatt, aber das war jetzt mit Sicherheit nur eine Frage der Zeit.

Zum Weißen Brunnen

Als ich in eine langgezogene Kurve fuhr, kam mir ein Wagen mit aufgeblendeten Scheinwerfern entgegen.

„Hey, du Idiot, ich seh nix!“, schrie ich, aber der Schwachkopf hörte mich natürlich nicht. Fast hätte ich meinen Peugeot gegen einen Leitpfosten gesetzt.

Und so kam mir das Licht, das ich hinter der nächsten Kurve sah, vor wie eine Fata Morgana. Beim Näherkommen erkannte ich, dass es sich um eine Gastwirtschaft handelte. Ich stellte mein Auto auf dem unbefestigten Parkplatz ab und stieg drei ausgetretene Stufen hoch in ein Fachwerkhaus, an dem ein verwittertes Schild mit der Aufschrift *Zum Weißen Brunnen* prangte.

Abgestandener Bierdunst empfing mich, als ich die Tür zu der Wirtschaft öffnete. In dem kleinen Raum standen vier Tische aus Fichtenholz mit unzähligen Brandlöchern vor einem altersschwachen Tresen, an dem zwei rotgesichtige, ältere Männer saßen. Sie hatten sich umgedreht und musterten mich neugierig.

„Entschuldigen Sie bitte“, sagte ich und schenkte den beiden ein freundliches Lächeln, „mein Handy hat den Geist aufgegeben, gibt es hier eine Möglichkeit, kurz zu telefonieren?“

Der eine der beiden Männer machte mit dem Kinn eine Bewegung, die mich vermuten ließ, dass sich der Wirt in einem hinteren Raum der Kneipe aufhielt. Der andere zog mich mit den Augen aus, während er anzüglich mit der Zunge schnalzte. Und richtig, nach zwei Minuten kam der Wirt. Ich wiederholte mein Sprüchlein. Der Wirt, der einen beachtlichen Bauch in einem karierten Hemd vor sich herschob, sagte: „Müssen Sie aber bezahlen.“

Ich nickte. „Klar, in der Zwischenzeit können Sie mir vielleicht eine Cola einschenken.“ In meiner Handtasche fand ich einen Zehner, den ich dem Wirt auf den Tresen legte. „Reicht das?“

Der Mann griff gierig nach dem Schein und ließ ihn in seiner Hemdtasche verschwinden. Er deutete auf ein vorsintflutliches Festnetztelefon hinter dem Tresen, das sicher schon unter Honecker seinen Dienst getan hatte. Ich ging um den Tresen herum, fingerte einen Kuli aus meiner Handtasche und fragte in die Runde: „Wie heißt eigentlich der Ort hier?“

Der Mann mit dem beredten Kinn konnte tatsächlich buchstabieren.

Der Teilnehmer ist im Moment nicht erreichbar. Das hatte mir gerade noch gefehlt. Sarah, du Dussel. Dabei war ich so stolz, dass ich ihre Handynummer auswendig kannte. Ich hatte sogar Schwierigkeiten mit meiner eigenen. Und jetzt?

Ich sah auf die Uhr. Es war kurz nach halb acht. Irgendjemand war auf jeden Fall noch in der Agentur. In meiner Not rief ich in meiner Firma an.

„Wie schön, dass du dich meldest, wir haben schon versucht, dich zu erreichen, wir brauchen einen neuen Anzeigentext, deinem Lieblingskunden hat der Einstieg nicht gefallen“, sagte Pille, die Kontakterin. Sie war sauer, dass der Kunde mich direkt angesprochen hatte.

„Lass das den Praktikanten machen“, sagte ich. Was erwartete die jetzt eigentlich, dass ich hier aus dem Stegreif die Anzeige umtextete? Ich bat Pille, auf meinem Schreibtisch nach dem Mailausdruck mit dem Foto, der Adresse und der Anreiseskizze zu suchen.

Pille hieß bei uns so, weil man nach jeder Begegnung mit ihr eine Beruhigungspille brauchte. Sie gab ungefiltert die Wünsche und vor allem die Verwünschungen unserer Kunden an die Mitarbeiter weiter. Und so musste ich mir eine Aufwandschilderung inklusive unverschämter Kundenmeinung anhören, während sie mit dem Apparat in der Hand zu meinem Schreibtisch lief.

„Und wo soll das jetzt liegen?“, fragte sie.

„Irgendwo ziemlich weit oben auf meiner Ablage“, vermutete ich.

„Ach, in deinem Bermudadreieck, da findest du ja nicht mal selber was.“

„Ist der Ruf erst ruiniert, legt’s sich ab da ganz ungeniert“, konterte ich. Natürlich wusste ich, dass meine Ablage in der ganzen Agentur gefürchtet war. Wenn mir das Ordnen von Papieren liegen würde, wäre ich Sekretärin geworden und nicht Kreativdirektorin. Aber immerhin fand Pille dann doch das Gesuchte und diktierte mir die Adresse und die Anreiseroute.

„Sie sollten hierbleiben und morgen weiterfahren“, schaltete sich der Wirt ein. „Wir haben oben zwei Gastzimmer.“ Nicht für Geld und gute Worte wäre ich in dem Haus geblieben, da bekam man schon beim Hingucken Neurodermitis.

Doch kaum saß ich in meinem Wagen, bereute ich diesen Entschluss. Cabrios sind Schönwetterautos, und ich hatte Mühe, meinen Peugeot in der Spur zu halten. Also biss ich die Zähne zusammen, umklammerte das Lenkrad und folgte dem Straßenverlauf. Es schien mir, als würde ich allein auf dieser Strecke fahren, während mir in der Gegenrichtung ständig Autos begegneten, in Kurven vorzugsweise riesige Lastkraftwagen. Ich fuhr so weit rechts wie möglich und traute mich in den vielen Kurven nicht, das Fernlicht aufzublenden. Immer wieder brach der Peugeot hinten aus, es war an einigen Stellen doch glatt geworden. Wie viele Kilometer hatte ich noch vor mir? Die Liste der Dörfer auf meiner Wegbeschreibung war zwar nicht mehr lang, aber wie dicht besiedelt war dieses Gebiet hier eigentlich? Immer wieder hatte ich lange Strecken durch dunkelsten Wald zu durchfahren, die Warnschilder mit den Doppelkurven sagten nur die Hälfte von dem an, was einen mitunter erwartete, nämlich SSS-Kehren.

Meine Hände umkrampften das Steuerrad und waren schweißnass, während die Scheibenwischer wieder einen aussichtslosen Kampf gegen den Nebel und jetzt einsetzenden Sprühregen führten. Verdammt, schon wieder so eine Kurve, ich trat auf die Bremse, obwohl ich fast Schritttempo fuhr, der Peugeot brach hinten aus, ich versuchte gegenzusteuern, vielleicht ein wenig zu forsch, der Wagen schleuderte hin und her, ich bremste wieder, die Räder drehten durch, ich rutschte seitlich von der Fahrbahn, bekam den Wagen nicht zum Stehen, ein Rad verfing sich in einer Mulde in dem unbefestigten Seitenstreifen, das Auto kippte leicht zur Seite, ich steuerte zu schnell in die andere Richtung, der Wagen drehte sich um die eigene Achse und landete mit der Motorhaube voran an einer Fichte.

Das Ganze war weder schnell passiert noch laut, ich hatte mich in Zeitlupe schleudern sehen, zusätzlich dämpfte der Nebel die Geräusche, als wäre das Auto in Watte eingepackt. Mist! Und jetzt?

Ich bewegte den Hals, nein, kein Schleudertrauma, der Aufprall war zwar nicht sanft gewesen, aber es war mir – zumindest auf den ersten Blick – nichts passiert. Der Airbag hatte den Aufprall abgefedert. Mit zitternden Knien befreite ich mich hinter dem geöffneten Ballon aus meinem Anschnallgurt und stieg aus, um den Schaden zu begutachten.

Ich musste mich an der Tür festhalten, sonst wäre ich auf die Nase gefallen. Es war spiegelglatt. Kein Wunder, dass mein Wagen ins Rutschen gekommen war. Ich hangelte mich am Auto entlang und befingerte die Beule, die

die Fichte in meinen Peugeot gefräst hatte. Na prima, das würde eine Stange Geld kosten. Wobei mir das Geld im Moment herzlich egal war, meine Gedanken setzten zu einem Formel-1-Start an: Wie kam ich hier wieder weg? Das Auto stand direkt hinter einer Kurve mit dem Hinterteil auf der Straße, der nächste Autofahrer, der um die Kurve herumfuhr, würde meinen Wagen unweigerlich küssen, und dann wäre das Ding Vollschrott, abgesehen von der Gefahr, den er für Leib und Leben eines anderen Autofahrers bedeuten würde.

Also bückte ich mich in die Tür und schaltete die Warnblinkanlage an. Das würde nicht viel nutzen, denn das Auto kam ohne Vorwarnung in Sicht. Ich musste das Ding von der Straße kriegen. Was war jetzt zu tun? Ich hatte noch nie einen Unfall gehabt.

Fieberhaft kramte ich in meiner Erinnerung, was ich zu dem Thema in der Fahrschule gelernt hatte. Die Unfallstelle musste gesichert werden. Dazu hatte ich bestimmt hinten im Kofferraum ein Warndreieck – besser als nichts. Ich umrundete den Wagen, was mir nur gelang, indem ich mich an dem Blech festhielt, um nicht auszurutschen, und öffnete den Kofferraum. Weil der Kofferraum bis zum Rand mit alten Plastikflaschen gefüllt war, die ich irgendwann mal im Supermarkt hatte entsorgen wollen, hatte ich den Koffer bei meiner Abfahrt auf die Rückbank des Wagens geladen. Jetzt musste ich die blauen Müllsäcke erst aus dem Wagen heben, bevor ich an meine Notfallausrüstung herankam.

Nach längerem Suchen in der Dunkelheit wurde ich tatsächlich fündig. Wie auf Eiern gehend arbeitete ich mich mit dem Warndreieck vorwärts. Seit dem Crash hatte noch kein Fahrzeug die Unfallstelle passiert. Hatte es überall Blitzeis gegeben, und schlauere Autofahrer als ich hatten einfach ihr Auto irgendwo geparkt? Ich schien jedenfalls mutterseelenallein in diesem Wald zu sein. Die Stille dröhnte in meinen Ohren, trotz der Kälte strömte mir der Schweiß aus allen Poren, und mein stakkatoartiger Atem hinterließ kleine Wolken in der nebelgeschwängerten Luft.

Nachdem ich glaubte, weit genug vom Fahrzeug entfernt zu sein, klappte ich das Dreieck auseinander und machte mich bergab auf den Weg zurück. Und jetzt?

Vielleicht sollte ich versuchen, das Auto zu starten? Allerdings war da dieser blöde Airbag. Hatte ich eine Schere an Bord, mit der ich das Ding aus meinem Blickfeld schneiden konnte? Ich schlitterte in Richtung meines Wagens und fiel der Länge nach hin. Während ich mühsam versuchte, mich aufzurappeln, erinnerte ich mich, dass ich noch nie eine Schere im Auto gebraucht hatte, so etwas hatte ich bestimmt nicht dabei. Außerdem, durfte man überhaupt ein Auto ohne Airbag fahren? Wobei mir irgendwelche Verkehrsvorschriften im Moment herzlich egal waren. Ich musste von dieser Straße weg, raus aus diesem unseligen Wald. Aber wie? Laufen war so gut wie unmöglich. *Nicole, du Wunder des praktischen Problemlösungsvermögens, denk nach!*, sagte ich mir. Ich musste in das nächste Dorf gelangen und dort Hilfe holen. Also auf ein vorbeifahrendes Fahrzeug warten und winken. Aber weit genug entfern von meinem Auto, damit ich nicht von einer Blechlawine überrollt wurde.

Ich arbeitete mich also ein bisschen abseits bergan, indem ich mich an kleineren Ästen festhielt. Mittlerweile zitterten mir die Knie so sehr, dass ich kaum laufen, geschweige denn stehen konnte. Am liebsten hätte ich mich hingesetzt, aber das hätte eine Blasenentzündung erster Klasse nach sich gezogen. Also hockte ich da und wartete. Und wartete und wartete. Es war eiskalt, meine Füße in den Halbschuhen waren bereits ganz taub. Wieso kam denn hier keiner? Vorhin waren mir so viele Wagen entgegengekommen. Mein Atem zerriss rasselnd die unheimliche Stille.

Sollte ich doch versuchen, zu Fuß ins nächste Dorf zu gelangen? Allerdings war es so glatt, dass man kaum laufen konnte. Oder vielleicht doch, zwischen den Leitpfosten auf dem unbefestigten Seitenstreifen? Ich schaltete die Minitaschenlampe an, die ich von meinem Autoschlüssel abgehängt hatte und schaute auf die Uhr. Es war inzwischen nach acht. So wie die Dörfer hier aussahen, waren die Menschen mehrheitlich bereits zu Bett gegangen.

Ich gab mir noch eine Viertelstunde. Wenn mich dann immer noch niemand mitgenommen hatte, würde ich zu Fuß weitergehen. Meinen Koffer musste ich wohl oder übel im Wagen lassen. Wie lange würde meine Batterie ausreichen, um die Warnblinkanlage und die Scheinwerfer in Gang zu halten? Ich hielt den Atem an und lauschte in die unheimliche Finsternis. Außer einem gelegentlichen Knacken von Zweigen im Wald war nichts zu hören. Gab es hier Wölfe? Um mich herum nebelte es, der Himmel hing bleischwer über mir. Nicht ein Stern funkelte am Firmament. Gab es nicht einen Weihnachtsstern oder waren das nur Topfpflanzen? Wenn meine Scheinwerfer und die unheimlich zuckende Warnblinkanlage die Szenerie nicht ein wenig ausgeleuchtet hätten, hätte man von totaler Finsternis reden können.

Als es quälend langsam endlich halb neun wurde und ich schon fast festgefroren auf dem Abhang hockte, entschloss ich mich, das Auto stehen zu lassen und zu versuchen, das nächste Dorf zu erreichen.

Ich schlidderte zurück zu meinem Fahrzeug, auch der unbefestigte Seitenstreifen erwies sich als spiegelglatt. „*Wollsocken*", rief mir eine innere Stimme zu. Das war die rettende Idee. Ich krabbelte von der Beifahrerseite zum Rücksitz meines Wagens, öffnete den Koffer und suchte blind mit den Händen nach einem dicken, warmen Knäuel. In einem Anfall von Sentimentalität hatte ich die Wollsocken, die wir mal im Handarbeitsunterricht in der vierten Klasse hatten stricken müssen, in den Koffer geworfen, um Sarah ein Lächeln der Erinnerung daran zu entlocken. Meine Socken waren viel zu groß geworden, so groß, dass ich sie jetzt tragen konnte. Außerdem musste brauchbares Schuhwerk her. Ich hatte meine Winterstiefel in einer Plastiktüte hinter den Beifahrersitz geworfen. Auf dem Vordersitz tauschte ich das Schuhwerk und streifte dann mit steifgefrorenen Fingern meine kostbaren Selbstgestrickten aus kratziger, weinroter Wolle über die Stiefel. Nach dem Aussteigen erwies sich diese Idee als goldrichtig. Die Socken blieben ein bisschen am Eis hängen, so dass ich mich damit ohne viel zu rutschen vorwärtsbewegen konnte. *Dann mal auf, Nicole*, redete ich mir gut zu und schloss mein Fahrzeug ab. Natürlich hatte ich

Angst um meinen Peugeot. Der war zwar nicht mehr der neueste, aber ich liebte das anthrazitfarbene Cabrio, das ich vor über zwei Jahren gebraucht günstig geschossen hatte. Es kam mir vor, als würde ich einen guten Freund mitten im Wald aussetzen.

Aber ich hatte keine Wahl. Also schritt ich so schnell es ging voran, ausschließlich mit Minitaschenlampe und Handtasche bewaffnet. Als das Licht meiner Scheinwerfer hinter der nächsten Kurve verschwand, verschluckte mich die totale Finsternis. Man sah nicht einmal den Mond. Oder war Neumond? Keine Ahnung, man hat schließlich im Allgemeinen etwas anderes zu Weihnachten zu bestaunen als den Mond.

Rübezahl

Es war so dunkel, dass ich am liebsten laut gerufen hätte. Die Minitaschenlampe richtete ich auf die Leitpfosten, um so wenigstens ein Minimum an reflektierendem Licht zu bekommen, auch wenn es fast vollständig von dem Nebel geschluckt wurde.

Ich kam mir vor wie Gretel – nur ohne Hänsel, mitten im dunklen Wald: von Gott und der bösen Stiefmutter verlassen. *Der Wind, der Wind, das himmlische Kind*, kam mir die Märchenzeile in den Sinn, obwohl es fast windstill war. Was man in solchen Situationen alles für einen Quatsch denkt. Vielleicht sollte ich auch eine Spur legen. Aber ich hatte nicht einmal Brotkrümel dabei.

Ab und an blieb ich keuchend stehen und lauschte in

die Finsternis. *Knusper, knusper, Knäuschen …* Es knackte und knusperte zwischen den hohen Nadelbäumen, die rechts und links von mir in den stockdusteren Nachthimmel wiesen. *Hohe Tannen weisen die Sterne …* fiel mir das alte Volkslied ein. Von wegen Sterne. Wie ging noch mal der Text? Ich versuchte, mich zu erinnern, das war doch irgendwas Bayerisches, oder? Moment, Moment, an eine Strophe erinnerte ich mich noch:

„Wo die Tannen stehn auf den Bergen,
wild vom Sturmwind umbraust in der Nacht,
hält der Rübezahl mit seinen Zwergen
alle Zeiten für uns treue Wacht."

Los, komm, zeig dich, Rübezahl! Ich kann jetzt jeden einzelnen Zwerg brauchen, alle sieben.

Ich hörte ihn, bevor ich ihn sah. Es war ein Geräusch, als ob in der Ferne jemand einen Reißverschluss öffnete. Mir kam ein Wagen entgegen. Ich blieb stehen und hielt die Luft an. Hatte ich mich getäuscht, war der Wunsch der Vater des Gedankens? Nein, das Geräusch kam langsam näher, und ich sah einen kleinen Lichtschein in der Ferne im Nebel tanzen. Der Wagen durfte einfach nicht vorbeifahren, musste mich mitnehmen. Natürlich konnte ich nicht mitten auf die Fahrbahn zu laufen, denn auch dieses Auto würde bei dem rutschigen Untergrund schlecht bremsen können, und der Fahrer hatte ebenso wie ich keine fünf Meter Sicht.

Ich blieb also neben der Fahrbahn stehen und fuchtelte wie wild mit meiner winzigen Taschenlampe, lange, bevor die Scheinwerfer eines Autos mich tatsächlich streiften. Der Wagen rollte langsam heran. Als er aus dem Nebel auftauchte, sah ich, dass es ein Jeep war. Der Fahrer gab mir durch das kurze Aufblenden seiner Scheinwerfer ein Zeichen, dass er mich gesehen hatte. Ich trat zur Seite und wartete. Das Auto kam langsam neben mir zum Stehen, es schlitterte nur ganz leicht. Wunderbar, Allradantrieb, schoss es mir durch den Kopf. Der Fahrer ließ sein Seitenfenster hinuntergleiten. Ein Mann mit einem roten Bart kam dahinter zum Vorschein. Er sah aus wie Rübezahl. „Kommen Sie, steigen Sie ein!“

Normalerweise steige ich natürlich nicht in fremder Männer Auto, aber heute wäre ich sogar zum Teufel persönlich in die Karre gesprungen. Rübezahl hatte mir von innen die Beifahrertür einladend geöffnet.

„Wer sind Sie?“, fragte ich.

„Ich bin der Dennis.“ Aha.

„Ich bin die Nicole.“ Ich kletterte auf den Beifahrersitz.

„Wo ist Ihr Auto?“, fragte Rübezahl, genannt Dennis.

Was sollte ich darauf antworten? Zwanzig Kurven geradeaus oder so? Ich zeigte nach vorn. „Steht direkt an einer Fichte irgendwo da hinten.“

„Unfall gehabt?“ Was für eine Frage, ich lustwandelte doch wohl offensichtlich nicht. Also nickte ich.

Die Wärme des Wagens umschmeichelte mich, und meine Hände und Füße, die fast eingefroren waren, fingen an zu kribbeln. Rübezahl fuhr schweigend zu meinem Wagen. Sehr weit war ich nicht gekommen, auch wenn es mir vorkam, als wäre ich zwanzig Kilometer gelaufen.

Er hielt mit dem Jeep neben meinem Fahrzeug und besah sich den Schaden. Dabei sah ich im Scheinwerferlicht, wie er sich über seinen roten Bart strich.

Los, hol die Zwerge, damit sie die Karre aus dem Dreck ziehen können. „Ich wusste nicht, was ich tun sollte, ich kriege den Wagen alleine nicht von der Fahrbahn", sagte ich, als ich aus dem Jeep geklettert war.

„Nee, klar", murmelte er. Ich hörte ihn förmlich denken. Abschleppen war bei dem Eis unmöglich, jedenfalls nicht mit einem Abschleppseil, denn der Wagen würde ungebremst bei jedem Halt auf ihn heraufrollen. Rübezahl rutschte zurück in den Jeep, der besser fuhr, als der große, breite Mann auf dem glatten Boden laufen konnte.

„Wieso haben Sie nicht telefoniert?"

„Mein Telefon hat keinen Saft mehr."

Das Geräusch, das er machte, war schlimmer als jede rotzige Antwort. Er hielt mich für geistig minderbemittelt, so viel war klar. „An Ihrer Stelle würde ich den Koffer mitnehmen", sagte Dennis Rübezahl.

Ich zog den Koffer vom Rücksitz und wäre damit fast hingefallen. Als ich ihn in den Jeep warf, sah ich, dass der Mann telefonierte. Ich hörte nicht, was der Mensch am anderen Ende der Leitung sagte, aber es schien Dennis durchaus zufriedenzustellen. „Tschüss dann, ich fahre sie jetzt nach Hause", sagte er. Nach Hause? Wo war das? *Hinter den Bergen, bei den sieben Zwergen?*

„Was ist?", fragte ich.

„Ich habe die Polizei informiert, dass sie die Unfallstelle sichern und dafür sorgen, dass Ihr Wagen in die Werkstatt abgeschleppt wird. Sie sollen den Wagen offen und die Warnblinkanlage anlassen."

„Und das Licht?“

„Ausmachen, das hält die Batterie nicht lange durch.“

Ich setzte mich neben ihn und überließ mich meinem Schicksal. Er wendete vorsichtig, dann fuhr er langsam, aber sehr sicher zurück in die Richtung, aus der er gekommen war. So ein Allradantrieb ist bei Blitzeis eine Offenbarung.

„Wohin fahren wir?“, fragte ich.

„Nach Hause“, sagte er wieder.

„Wo ist zu Hause?“, hakte ich diesmal nach. Der Kerl war nicht gerade geschwätzig.

„Sie werden doch wohl wissen, wohin Sie wollten?“

Ich zog meine mitgekritzelte Routenbeschreibung hervor und sagte ihm, wohin meine Reise gehen sollte.

Schweigend rollte er in die dunkle Suppe, bremste mit den Gängen und tarierte den Wagen in jeder Kurve geschickt aus. Der machte das öfter, so viel war klar.

Hatte ich Angst? Ich saß neben diesem mir völlig fremden, schweigsamen Mann und ließ mich ohne Gegenwehr zu einem mir unbekannten Ziel kutschieren, in einer der ungemütlichsten Nächte meines Lebens. In diesem Moment kam mir die Absurdität dieser Situation nicht einmal zu Bewusstsein, so froh war ich, aus dieser eiskalten, lebensgefährlichen Kurve gerettet worden zu sein. In dem Auto war es wenigstens warm. Erst viel später habe ich mich gefragt, was ich mir eigentlich dabei gedacht hatte, zu einem Fremden ins Auto zu steigen. Er konnte alles sein, und ich war ihm ausgeliefert: nur ein hilfsbereiter Bergbewohner, ein brutaler Vergewaltiger oder gar ein psychisch gestörter Mörder?

Hatte das Schicksal mich mit all der Unbill davor warnen wollen, meinen Weihnachtsurlaub in dieser Gegend zu verbringen? Hätte ich noch alle Tassen im Schrank gehabt, hätte ich schon Stunden zuvor das nächste Hotel angesteuert.

Wir rollten langsam zurück durch den dunklen Wald. Dennis Rübezahl schwieg vor sich hin. Normalerweise war ich eine Meisterin des Smalltalks, aber heute war ich wie auf den Mund gefallen. Dennis schien ebenfalls nicht das Bedürfnis nach Kommunikation zu verspüren, er konzentrierte sich auf die Fahrbahn. Die Straße war wie ausgestorben, wir saßen offensichtlich in dem einzigen Fahrzeug, das überhaupt noch unterwegs war. Sollte ich ihn fragen, warum er bei diesem Wetter durch die Gegend fuhr? Der Mann konnte jedenfalls Autofahren und vermied jede hektische Bewegung.

Ich blickte verstohlen auf die Uhr. Es ging bereits auf neun Uhr zu. Sarah würde sich Sorgen machen, aber warum hatte sie auch ihr Handy abgestellt? Wahrscheinlich hatte sie ebenfalls vergessen, das Ding aufzuladen, und wunderte sich jetzt, dass es nicht klingelte. Sarah war ein absolut präzise denkender Mensch, aber wenn es um Privates ging, war sie genauso chaotisch wie ich. Wir waren eben beide Workaholics – super im Beruf, privat die totalen Versagerinnen.

Nach ungefähr zwanzig Minuten bremste Rübezahl das Auto herunterschaltend ab und setzte einen Blinker, obwohl weit und breit kein anderes Fahrzeug zu sehen war. Wo wollte er hin?, fragte ich mich, denn ich sah keine Straße, die von der Hauptstraße abging. Und dann wurde es grob: Er fuhr mitten hinein in den Wald. War der verrückt, wo brachte der mich hin? Innerhalb von einer Viertelsekunde brach mir der Schweiß aus. *Knusper, knusper, Knäuschen …*

Es ging buchstäblich über Stock und Stein. Ich hielt mich krampfhaft an der Armlehne fest, denn ich wurde auf diesem unbefestigten Weg hin und her geschleudert.

„Wohin fahren wir?“, fragte ich.

„Abkürzung.“ Aha. Wie tröstlich. Ich hopste in meinem Sitz hoch und runter, wobei mein Herz entschlossen schien, das Wetthopsen mit meinem Körper zu gewinnen.

Aus dem Kerl war nichts rauszukriegen. Längst hatte ich den Zettel mit der Adresse, wo ich hinmusste, in meiner linken Hand zerknüllt, wahrscheinlich war mittlerweile Pappmaschee aus der Routenbeschreibung geworden. Ich überlegte, ob ich irgendwelche Waffen hatte, mit denen ich mich gegen eventuelle Übergriffe von Rübezahl wehren konnte. *Die Geister, die ich rief …*

War Rübezahl eigentlich ein guter Geist? Ich konnte mich kaum erinnern an diese Sage, war ja schließlich auch keine deutsche. Tschechisch? Rübezahl lebte im Riesengebirge, glaubte ich. Machte er da nicht das Wetter? Oder wies er den Verirrten den Weg? Beschützte die Guten, aber bestrafte die Bösen? Verdammt, ich hatte keine Ahnung. Solide Halbbildung, pflegte ich das in besseren Momenten zu nennen. Das Lied war schuld. Eindeutig, ich hatte ihn gerufen.

Baumstämme tauchten wie in einer Geisterbahn immer wieder unvermittelt aus dem Nebel auf. Jetzt sah ich, dass

Rübezahl auf einem kleinen Forstweg fuhr. Hier war der Untergrund nicht so glatt wie auf der normalen Straße, versuchte ich mich zu beruhigen. Ich wunderte mich über das Tempo, das er in diesem Wald vorlegte, er musste sich hier gut auskennen. Vielleicht war er der Förster. Das Outfit könnte stimmen, dachte ich, während ich ihn unauffällig musterte. Er sah nicht aus wie ein psychotischer Mörder. Aber wie sieht ein psychotischer Mörder überhaupt aus? Ich hatte genügend Bilder von zum Tode Verurteilten in den USA gesehen. Die meisten Serienmörder sahen ganz nett aus, vielleicht machte ihr harmloses Aussehen ihre Taten überhaupt erst möglich. Weil man harmlos aussehenden Menschen leichter vertraut. So wie ich mich ganz ohne Gegenwehr vertrauensvoll in die Hand dieses Bergbewohners begeben hatte.

Dennis Rübezahl schaltete herunter und ging dann in eine scharfe Linkskurve. Ich hielt die Armlehne umklammert, während der Wagen in offenes Gelände einbog.

Wir hatten den Wald hinter uns gelassen und fuhren jetzt auf einem schmalen Feldweg, der asphaltiert war, allerdings tiefe Schlaglöcher aufwies. Der Weg schien ins Nirgendwo zu führen, denn die Weitsicht hatte sich immer noch nicht verbessert. Das störte Rübezahl offenbar nicht, denn er gab jetzt Gas.

Aus dem Nebel tauchte wie aus dem Nichts ein Geisterhaus vor uns auf. Es bestand unten aus Fachwerk und oben aus grauen Schindeln. Als wir es umrundeten, bevor Rübezahl vor einem Seiteneingang hielt, sah ich, dass es sich um ein größeres Gehöft handeln musste, denn es gab noch einige Nebengebäude, die allerdings nicht erleuchtet waren. In dem Geisterhaus brannte in zwei Fenstern Licht. Wir waren offenbar am Ziel, „zu Hause“.

Im Vernehmungsraum

Das alles werde ich natürlich auf keinen Fall den Polizisten erzählen, wenn mein Anwalt aus Coburg endlich kommt. Beziehungsweise ich werde eine geschönte Kurzform davon zum Besten geben. Sie würden mich sonst für eine komplett durchgeknallte, desorganisierte Großstadttussi halten, womit sie durchaus recht hätten, wenn ich ehrlich mit mir selbst bin. Als Schütze-Geborene kann ich nicht nur anderen, sondern auch mir selbst gegenüber gnadenlos ehrlich sein, ohne Rücksicht auf Verluste.

Es scheinen Stunden vergangen zu sein, als endlich die Tür geöffnet wird und ein Mann im grauen Anzug mit grauen Augen in einem grauen Gesicht den Raum betritt.

„Dr. Misgelt, Kollege Schöning hat mich angerufen", sagt er.

Ich verkneife mir ein „Ich hoffe, Nomen ist nicht Omen" und stelle mich stattdessen vor. Der Mann sieht nicht aus, als ob er für meine Wortspielchen genügend Humor aufbringt. Immer, wenn ich sehr unsicher oder verzweifelt bin, werde ich flapsig, meine Eloquenz, von manchen auch *Berliner Kodderschnauze* genannt, umgibt mich dann wie ein schützender Mantel, aber das kann Dr. Misgelt natürlich nicht wissen.

„Danke, dass Sie gekommen sind", sage ich und informiere ihn kurz darüber, was geschehen ist. Er ist mein Anwalt, zu ihm muss ich ehrlich sein.

Er macht sich Notizen und nickt. Nichts in seinem Gesicht deutet darauf hin, dass er von den Ereignissen schockiert ist.

„Wenn ich das richtig verstehe, so sollen Sie hier als Zeugin vernommen werden. Erzählen Sie bitte einfach der Reihe nach, in welcher Beziehung Sie zu den Opfern standen und wieso Sie sich auf dem Hof aufhielten. Sobald weitere Fragen nach dem Tathergang gestellt werden, verweigern Sie erst einmal die Aussage, bis der Kollege Schöning eintrifft. Sie dürfen sich auf keinen Fall selbst belasten."

„Ja", sage ich, „ich werde mir Mühe geben."

In dem Moment kommen Schröder und Reinhard herein. Sie bringen unaufgefordert zwei Becher Kaffee mit. Ob ich den noch vertrage? Mein Magen schmerzt, vielleicht vor Hunger, obwohl ich keinen Hunger verspüre, vielleicht ist er auch einfach nur sauer.

„So, und jetzt fangen wir noch einmal ganz von vorn an", sagt Kommissar Reinhard. Ich habe das Gefühl, als habe ich bei ihm durch meine Weigerung, nichts ohne einen Rechtsanwalt zu sagen, lebenslang verschissen. Habe ich mich dadurch selbst zur Beschuldigten gemacht?

„Da es sich ja anscheinend um eine etwas komplizierte Angelegenheit handelt, bitten wir Sie um Erlaubnis, Ihre Aussage per Tonband aufzuzeichnen, das erspart uns viel Zeit. Ich betone noch einmal, Sie sind hier als Zeugin, nicht als Beschuldigte. Sind Sie damit einverstanden?" fährt der Kommissar fort.

Ich schaue den Anwalt an. Er nickt. Also nicke ich auch. „Ja, ich bin einverstanden."

Kommissar Schröder sagt Tag, Uhrzeit und Ort an und bittet mich, meinen Namen und mein Einverständnis zu der Aufzeichnung zu Protokoll zu geben. Erst dann beginnen die Polizisten mit der Befragung.

„Wie und weshalb kamen Sie auf den Hof, und in welcher Beziehung standen Sie zu Sarah Illner?"

Ich schließe die Augen und denke nach. Denn ganz so einfach ist es nicht. Wie herum soll ich es erzählen? Ich beginne also so, wie sich mir die Situation damals dargestellt hatte. Damals? Es war doch erst am dreiundzwanzigsten Dezember.

Thüringen

„Sarah ist meine beste Freundin“, sage ich also, und dann muss ich so heftig husten, dass ich fast den Kaffee wieder ausspucke.

Mir fällt ein, wie Sarah mich begrüßt hat, als ich aus dem Auto von Dennis Rübezahl stieg. „Nico, du blöde Kuh, wieso hast du nicht angerufen!“

Sie fiel mir um den Hals, und ich hätte fast geheult vor Erleichterung. Aber das geht die Bullen nichts an. Also erzähle ich nüchtern weiter: „Sie hat vor ungefähr einem halben Jahr den Hof hier in Thüringen von ihrem Onkel Hans Illner geerbt, und sie überlegte, ob sie daraus ein Retrohotel machen sollte. Weil sie dafür meine Einschätzung und meinen Rat brauchte, wollte ich sie in den Weihnachtsferien besuchen.“

„Wollte?“, hakt Reinhard nach.

„Auf der Fahrt hierher wurde es mit einem Mal sehr neblig, dann gab es auch noch Blitzeis, so dass ich irgendwo auf der Strecke gestrandet bin. Ein Mann mit einem SUV hat mich aufgegabelt und zu Sarahs Hof gebracht.“ Das muss ich jetzt erzählen, schließlich ist mein Unfall bei der Polizei aktenkundig.

„Das ist Dennis, mein Halbbruder“, stellte mir Sarah den Mann vor. Sarah war in dieser Gegend geboren worden. Im Sommer 1989 war ihre Mutter über Ungarn in die Bundesrepublik geflohen. Ihren Mann, Sarahs Vater, hat sie hier zurückgelassen und den Kontakt mit seiner Familie nach der Scheidung 1990 total abgebrochen. Sarah selbst hatte keine Erinnerung an ihn, sie war knapp zwei Jahre alt gewesen, als ihre Mutter es vorzog, bei Nacht und Nebel zu verschwinden. Ihr Vater heiratete wieder. Und das Produkt hieß Dennis, wie ich damals glasklar schloss.

„Dennis, mein Retter, trug meinen Koffer ins warme Haus."

Ich nehme einen Schluck von dem gallebitteren Kaffee und schließe die Augen. Wie in einem Film sehe ich mich, wie ich an diesem unseligen Abend Sarahs Hof betrete.

Sarahs Hof

Ich hatte mich neugierig in dem schmalen Flur mit den Natursteinen im Eingang umgeschaut. Im hinteren Teil des Flures führte eine hölzerne Treppe ins Obergeschoss.

„Komm erst mal rein in die gute Stube." Sarah zog mich in das erste Zimmer links vom Eingang. Es war tatsächlich so etwas wie eine „gute Stube". Ein antiker, eiserner Ofen bullerte in der Ecke, ein leicht abgeschabtes, rotes Samtsofa stand hinter einem polierten Holztisch. Es war ebenso wie der Tisch mit einem geklöppelten Deckchen verziert, das mindestens so alt war wie das Haus. Auf dem Tisch stand ein Adventskranz mit dicken, roten Kerzen, die allerdings noch niemand angezündet hatte. Um die winzigen Fenster herum hingen Lichtergirlanden, die Sarah um Fichtenzweige gewickelt hatte. Sarah liebte Dekorationen.

Ich ließ mich in das Sofa sinken und versank fast hinter dem Tisch, denn das Ding war weich wie Watte.

„Ihr braucht jetzt beide einen heißen Tee. Mit Honig“, zwitscherte Sarah und öffnete die Tür zu einem Nebenraum. Das schien die Küche zu sein, ich sah Unmengen von tönernen Töpfen und Kupferpfannen in einem Wandbord stehen. Wahnsinn, das sah aus wie in einem Museum.

„Ich muss los“, sagte Dennis, „wir sehen uns morgen.“

„Kein Tee?“

„Nee, lass mal.“

„Danke, dass Sie mich gerettet haben“, sagte ich artig. „Und was mache ich jetzt mit meinem Auto?“

„Ich kümmere mich darum, dass Sie von der Werkstatt einen Kostenvoranschlag für die Reparatur bekommen. Wenn Sie mir den Autoschlüssel geben, fahre ich den morgen früh dort vorbei.“

„Wann und wie haben Sie Sarah Illners Familie kennengelernt?“, fragt Reinhard.

Ich werfe einen Blick auf den Anwalt. Der nickt.

„Ihre Mutter und ihre Schwester kannte ich aus Berlin. Den Rest der Familie lernte ich so nach und nach kennen. Dennis war der Erste.“

„Was ist mit den Linnemanns, woher kannten Sie die?“, hakt Schröder nach.

„Ulrike Linnemann habe ich schon am ersten Abend in Sarahs Haus kurz kennengelernt, Sarah hat sie mir vorgestellt. Sie half Sarah im Haus und versorgte den Hof, wenn Sarah nicht anwesend war. Herrn Linnemann habe ich nicht offiziell kennengelernt."

„Kannst du Frau Linnemann auch noch schnell nach Hause fahren?", fragte Sarah Dennis und trat mit einer etwas grob aussehenden Frau ins Wohnzimmer.

„Hmm", machte Rübezahl. Was für ein eloquenter Zeitgenosse, dachte ich.

„Frohe Weihnachten, Frau Linnemann", sagte Sarah, „und danke, dass Sie hier heute alles flottgemacht haben. Das ist übrigens meine Freundin Nicole. Schade, dass Sie jetzt wegfahren müssen. Nicole, dass ist der gute Geist hier im Haus, Frau Linnemann."

Ich stand auf und gab Frau Linnemann die Hand. Ihre Hände waren kalt und rau. Ich lächelte die Frau an, deren Alter man schwer schätzen konnte. Sie hatte ihre aschblonden Haare auf dem Hinterkopf zu einem Dutt zusammengenestelt, die tiefen Falten unter der etwas zu langen Nase gaben ihr ein verhärmtes Aussehen.

Sarah begleitete Dennis und Frau Linnemann nach draußen. Als sie mit der Teekanne zurückkam, war ich gerade dabei, meine Socken von den Stiefeln zu rupfen.

„Elegant", sagte Sarah und stellte die Kanne auf den Tisch.

„Endlich waren sie mal zu was nutze, kennst du die Dinger noch?"

„Sag bloß, das sind doch nicht wirklich …" Sarah kam zum Sofa und umarmte mich. „Ich habe solche Angst um dich gehabt", flüsterte sie.

„Was glaubst du, was ich für Angst hatte!“, gestand ich und rückte ein Stück zur Seite, damit sie sich neben mich setzen konnte.

„Wo hat Dennis dich denn aufgegabelt?“ Sarah hatte ihn alarmiert, als ich längst überfällig war und sie gesehen hatte, dass es überfrierende Nässe gab, wie sie es nannte.

Ich begann, von meiner Odyssee zu erzählen, und da Sarah mich besser kannte als ich mich selbst, ließ ich auch meine blöden Fehler nicht aus. „Aber du musst dein Handy aufladen, das Ding war nicht erreichbar“, schloss ich meine Schilderung vom Gasthaus *Zum Weißen Brunnen* ab.

Sarah hatte inzwischen die Beine angezogen und saß mit dem Rücken zur Armlehne. „Wozu, glaubst du wohl, habe ich dir die Festnetznummer von hier gegeben?“ Sie grinste. „Hallo? Retrohotel, du entsinnst dich?“

Natürlich entsann ich mich an diesen Abend im Oktober im *Green Door*, an dem sie mich zu dieser Party eingeladen hatte. Zumindest entsann ich mich an das meiste, was wir vor dem fünften *Suffering Bastard* gequatscht hatten.

„Es gibt hier keinen Funkempfang. Jedenfalls meistens nicht. Funkloch. Das hat mich ja auf die Idee gebracht. Du weißt doch, aus Zitronen Limonade machen. Was meinst du, wie viele Leute es gibt, die sich danach sehnen, wieder einmal ein paar Tage ohne Smartphone zu leben.“

Jetzt, da sie es sagte, entsann ich mich, dass sie davon gesprochen hatte. Nach dem fünften Cocktail.

„Was passiert mit meinem Auto?“, fragte ich.

„Dennis kümmert sich darum. Keine Angst. Mein kleiner Bruder ist ein Schatz. Hat der Peugeot sehr viel abgekriegt?“

„Sieht nicht gut aus, vorne rum." Traurig dachte ich an meinen schönen Wagen.

„Mach dir jetzt darüber keine Gedanken. Die werden heute Nacht streuen, und morgen, bei Tageslicht, sieht alles schon ganz anders aus", beruhigte mich meine Freundin.

„Gibt es hier einen Winterdienst?"

„Na selbstverständlich. Mensch, Sarah, wir sind im Thüringer Wald, nicht in der Walachei. Das ist ein großes Touristengebiet, die streuen und räumen bei Schnee, Touris sind hier die Haupteinkommensquelle."

„Und wieso sehen die Dörfer dann aus wie ausgestorben?"

„Das täuscht, natürlich konzentriert sich der Tourismus hier auf einige Orte." Sarah musterte mich. „Du musst halb verhungert sein. Komm mit, ich haue uns Pizza in den Steinofen."

„Du hast hier einen Steinofen?"

„Ja, genial, oder? Komm, ich zeige ihn dir. Bereit für eine kleine Museumsführung?"

Ich nickte. Im Flur gab mir Sarah ein Paar Filzpantoffeln.

„Hast du die in Sanssouci geklaut?"

„Nee, die gehörten zur Erbschaft", lachte Sarah. „Mein Onkel hat den Hof nach der Wende bereits zu einem Hotel umgebaut, nur die Wirtschaftsräume in diesem Gebäude sind noch erhalten geblieben. Deshalb habe ich auch diesen wunderbaren Steinofen. Voilà!" Sie hatte mich in einen kleinen, schmalen Raum geführt, in dem ein in rohem Stein gemauerter Ofen stand. „Genial für Pizza, ich schwör's."

„Und wie beheizt du den? Mit Gas oder Strom?"

„Mit Kohle, selbstverständlich."

„Da brauchst du ja Stunden, um den vorzuheizen", wandte ich ein, „ich habe echt Hunger."

„Der bullert schon den ganzen Tag, denn auf der anderen Seite der Wand liegt die Küche, und die wird auch mit dem alten Ofen beheizt. Warte, bis du den wunderbaren historischen Kachelofen siehst!" Sarah deutete nach oben: „Und das Rohr, das durch die Decke geht, beheizt – zumindest theoretisch – das eine Schlafzimmer im Dach. Natürlich hat mein Onkel hier überall zusätzlich Stromheizungen eingebaut. Aber da das Haus unter Denkmalschutz steht, durften die guten alten Sachen nicht abgerissen werden. Jetzt also: Steinofenpizza!"

In dieser ersten Nacht schlief ich wie eine Tote, obwohl die Matratze in dem alten Bauernbett ein wenig durchhing und das Federbett klumpte. Sarah hatte mir eine Schlafkammer direkt über der guten Stube zugeteilt, die ebenfalls ein wenig von der Wärme des Steinofens im Erdgeschoss profitierte. Zu dem komaähnlichen Schlaf hatte sicher nicht nur die Erschöpfung, sondern auch die Flasche Rotwein beigetragen, die Sarah und ich zu der wirklich wunderbar knusprigen Pizza geleert hatten.

Nachdem ich eine heiße Dusche in dem kleinen Badezimmer genommen hatte, das Onkel Hans in der ersten Etage in das ehemalige Plumpsklo gebaut hatte, fühlte ich mich zwar nicht gerade zum Bäumeausreißen, aber fit genug, um mit Sarah einen Weihnachtsbaum zu fällen. Sie erwartete mich in der Küche an dem langen Holztisch mit duftendem Kaffee und Nutellabrot.

„Du bist aber früh aufgestanden“, stellte ich bewundernd fest. Der eiförmige Ofen mit den grünen Kacheln gab bereits eine wohlige Wärme von sich.

„Der Trick ist, dass das Feuer nicht ausgehen darf“, sagte Sarah, „sonst hast du stundenlang Arbeit.“

Der 24. Dezember

„Wann kamen Maria Illner und ihre Tochter Jennifer auf den Hof?“, fragt der Mann mit der intellektuellen Brille.

„Sarah wollte ihre Mutter und ihre Halbschwester Jennifer Heiligabend gegen vierzehn Uhr vom Bahnhof abholen.“

„Bis dahin müssen wir noch einen Baum schlagen, Dennis wird uns helfen“, sagte sie.

„Du hast mir nie von ihm erzählt.“ Ich biss genüsslich in mein Nutellabrot.

„Ich hatte mit Dennis so gut wie keinen Kontakt. Es stimmt schon, dass ich mich lange nicht um diesen Teil der Familie gekümmert habe, aber irgendwann siegte doch die Neugier. So richtig begeistert war mein Vater allerdings nicht, als ich das erste Mal vor seiner Tür gestanden habe“, gab Sarah zu. „Deshalb habe ich den Kontakt zu ihm auch nicht gepflegt. Aber wenn ich hier draußen ein Hotel aufmachen will, muss ich mich wohl oder übel gut mit meiner Familie stellen. Zu meinem Schrecken habe ich festgestellt, dass ich mit dem halben Ort verwandt bin.“

„Soll vorkommen, in abgelegenen Bergnestern.“

„Altes Schandmaul. Los komm, zieh die Stiefel an, Dennis wird gleich da sein.“

„Wieso hat dein Onkel eigentlich gerade dir den Hof vermacht?“

„Das weiß ich nicht, ich habe ihn nie kennengelernt. Auch damals nicht, als ich ohne meiner Mutter davon zu erzählen zu meinem Vater gefahren bin. Vielleicht wollte er dem Rest der Familie eins auswischen? Keine Ahnung, was da in ihm vorgegangen ist."

Wir waren bereits gestiefelt und gespornt, als wir Dennis' Jeep in der Ferne hörten. Er blieb mit laufendem Motor vor Sarahs Hof stehen.

„Es hat getaut heute Nacht, die Polizei hat Ihr Auto in die Werkstatt in Masserberg abschleppen lassen, ich habe denen heute früh Ihren Autoschlüssel gebracht. Sie schicken den Kostenvoranschlag zu Sarahs Haus, hier ist die Telefonnummer", sagte er ohne weitere Begrüßung und gab mir eine Visitenkarte der Werkstatt.

Mir fiel ein Stein vom Herzen, ich hatte mir wirklich Sorgen um meinen kleinen Freund gemacht, den ich mutterseelenallein in einer Kurve hatte stehen lassen müssen.

Unaufgefordert stiegen wir in den Jeep, und schon gab Dennis Gas.

Weihnachtsbaumschlagen

„Dennis ist der Revierförster hier", klärte mich Sarah auf. Ich hatte also gar nicht so falschgelegen.

Es war zwar immer noch ein wenig diesig, aber die Sicht war um Längen besser als am Vorabend.

Endlich sah ich Sarahs Hof einmal von außen. Was für ein liebevoll restauriertes Anwesen sie da geerbt hatte. Das Wohnhaus bestand unten aus Fachwerk, nicht nur das Dach, sondern das gesamte Obergeschoss war mit Schieferschindeln gedeckt. Neben dem Wohnhaus führte ein breites, frisch gestrichenes Holztor in den Innenhof, links davon lag ein weiteres lehmgelbes Fachwerkhaus. Hinter einem Quergebäude führte ein Weg den Hang hinauf in einen Wald aus riesigen, alten Nadelbäumen, die jetzt schwarz und drohend in den schmutziggrauen Winterhimmel ragten. Vom Eingang aus hatte man einen atemberaubenden Blick auf eine Waldlandschaft mit sanften Hügeln und tiefen Tälern. Die sich davor erstreckenden Felder waren offensichtlich mit harter Arbeit dem Wald abgerungen worden. Wie schön musste es hier bei Sonnenschein aussehen! Genau so hatte ich mir den Thüringer Wald vorstellt.

Dennis gab Gas und fuhr einen einspurigen, asphaltierten Feldweg entlang, der hinter dem Haus den Hang hinaufführte. Nach noch nicht einmal fünfhundert Metern erschien hinter einer Kurve ein weiteres Wohnhaus.

„Hier wohnen die Linnemanns“, sagte Sarah in einem Ton, als müsste ich wissen, wer die Linnemanns waren.

„Das Haus ist ja winzig“, stellte ich fest.

„Es ist ein altes Hirtenhaus.“

„Ach, Schafe gibt es hier auch?“

„Früher“, warf Dennis ein. Ganz schön leutselig heute, dachte ich.

„Die Hirten waren früher Tagelöhner, also die Ärmsten der Armen“, klärte mich Sarah auf. „Die wurden von der Dorfgemeinschaft angeheuert, um alle Schafe des Dorfes zu hüten. Damit die armen Tagelöhner aber nicht irgendwann der Dorfgemeinschaft zur Last fielen, mussten sie außerhalb des Dorfes wohnen, so dass die Dorfgemeinschaft in Notsituationen nicht für sie verantwortlich war."

„Ganz schön grausam." Ich schüttelte mich innerlich angesichts der sozialen Kälte unserer Vorfahren. „Hast dich wohl eingelesen?", stellte ich fest.

„Haben mir die Linnemanns erzählt."

„Ach, war das die Frau, die gestern Abend bei dir war?"

„Ja, die Linnemanns kümmern sich während meiner Abwesenheit um mein Haus", klärte mich Sarah auf.

„Ich habe mich schon gewundert, dass du die Bude so lange allein lassen kannst."

Reinhard unterbricht mich. „Moment, ich muss da noch mal nachfragen. Ich habe Sie richtig verstanden, dass weder Ulrike Linnemann noch ihr Ehemann während der Weihnachtstage im Haus tätig waren und auch nicht aushalfen, als Sarah Illner Besuch erwartete?" Die intellektuelle Brille ist offensichtlich hellwach. Im Gegensatz zur mir.

„Das stimmt, war ja Weihnachten", bestätige ich und erzähle weiter.

„Man muss jemanden vor Ort haben, der sich um alles kümmert", hatte Sarah gesagt. „Leider haben die Linnemanns über Weihnachten Urlaub gebucht, so dass sie mir jetzt an den Feiertagen nicht helfen können."

„Oder wollen", setzte Dennis nach.

„Was meinst du damit?", fragte Sarah.

„Die wollen ja gar nicht, dass du hierbleibst."

„Aber die verdienen doch mehr Geld, wenn ich das Hotel aufmache?" Sarah schien erstaunt.

Ich sah, wie Dennis mit den Schultern zuckte. Keine Antwort war auch eine Antwort. Dennis gab Gas, und schon bald kamen wir an den Waldrand.

Wieder werde ich unterbrochen. „War das nicht ungewöhnlich, dass diejenigen, die sich sonst um das Haus kümmern, gerade dann nicht anwesend sind, wenn man sie am dringendsten braucht, zumindest nach den Feiertagen?", fragt Kommissar Schröder erneut nach.

„Ja, ich habe mich auch darüber gewundert. Aber Sarah schien es nichts auszumachen, dass die Linnemanns Urlaub gebucht hatten. Sie bemuttert andere gern, Kochen ist Sarahs Hobby, sie ist eine tolle Gastgeberin, und nach den Feiertagen wollten wir ja nur zu zweit in dem Haus wohnen."

„Am frühen Nachmittag des Heiligabends trafen also Maria und Jennifer Illner ein", stellt Reinhard noch mal fest. Ich versuche, so langsam wie möglich von den Ereignissen zu berichten, denn ich hoffe, dass Maik bald kommt.

„Vorher haben wir mit Dennis noch einen Weihnachtsbaum im Wald geschlagen", sage ich.

„Da guck mal." Sarah zeigte auf einen gerade gewachsenen, jungen Nadelbaum nicht weit vom Forstweg. „Was hältst du davon, Dennis?"

Der Förster zuckte erneut mit den Schultern. Es war ihm wohl egal.

„Dürfen wir die fällen?"

„Du darfst in deinem Wald alles fällen, was du willst."

Wie jetzt, Sarah gehörte auch der Wald? Das war mir neu. Ich fragte nach.

„Ja, zum Hof gehört ein bisschen Land“, sagte sie.

Dennis schnaubte. „Ein bisschen?“

Ich ahnte, dass ich mich hier auf vermintes Terrain gewagt hatte. „Ich finde die Tanne klasse“, sagte ich, „und die ist auch nicht zu hoch für die niedrigen Decken in deinem Haus.“

„Fichte“, sagte Dennis.

„Von mir aus auch Fichte, Herr Förster“, versuchte ich die soeben entstandene Spannung aufzulockern.

Dennis hielt in Höhe des Baumes, und wir stiegen aus. Sarah hatte eine Axt mitgebracht, und ich wollte mich bereits ans Werk machen, als Dennis mir das Werkzeug aus der Hand nahm.

„Lass das mal den Förster übernehmen.“ Er hatte ein eigenes Werkzeug dabei, und in Nullkommanichts war der Baum gefällt. Dennis nahm ihn auf die Schulter und trug ihn zu seinem Jeep, wo er ihn auf dem Dach festband.

„Mein erster frisch geschlagener Weihnachtsbaum“, sagte ich. „Schade, dass es nicht geschneit hat.“

„Zum Glück“, fand Dennis.

Wir fuhren zurück zum Haus, und Dennis trug den Weihnachtsbaum in die gute Stube.

„Haben Sie den Weihnachtsbaum mit einer Axt geschlagen?“, fragt Kommissar Schröder. Er sieht so harmlos aus mit seinen Apfelbäckchen.

„Natürlich mit einer Axt. Also eigentlich mit zweien. Sarah hatte eine Axt vom Hof mitgenommen, aber Dennis fand das Werkzeug ungeeignet und hat seine eigene Axt genommen. Dabei hätte ich so gern selbst einmal einen Weihnachtsbaum geschlagen."

„Heißt das, dass Sie beide Werkzeuge angefasst haben?", fragt Schröder.

„Nein, nur Sarahs Axt, die im Hof stand."

„Hat Dennis Illner diese Axt auch in der Hand gehabt?"

„Ja, er hat sie mir aus der Hand genommen", sage ich.

„Wo wurde die Axt normalerweise aufbewahrt?", hakt Reinhard nach.

„Unter dem Vordach im Innenhof, wo Brennholz gehackt wird."

„Haben Sie die Axt wieder dorthin geschafft, nachdem Sie den Baum nach Hause transportiert hatten?" Wieder der Schröder. Der scheint mir gefährlicher zu sein als sein intellektuell aussehender Chef.

Ich versuche mich zu erinnern, aber es fällt mir nicht ein.

Sarah hatte offensichtlich ihr gesamtes Weihnachtsbaumzubehör aus Berlin mitgebracht, ich erkannte ihre Kiste mit der Aufschrift „Zapf", weil ich sie schon drei Mal in unterschiedliche Keller gehievt hatte. Sie holte den Weihnachtsbaumständer heraus, und ich kniete mich auf den Boden, um Dennis Richtungsanweisungen beim Einlochen zu geben. Nachdem Sarah den Baum fixiert hatte, verabschiedete sich Dennis. „Bis nachher", sagte er.

„Er kommt heute Abend auch?", fragte ich.

„Na klar, ich habe die ganze Bagage eingeladen."

„Weiß deine Mutter das?"

„Nö, und ich habe auch nicht vor, sie vorzuwarnen."

„Das kann ja heiter werden … Deine Mutter ist bestimmt nicht begeistert, schließlich wollte sie nicht einmal, dass du Kontakt zu deinem Vater hast“, gab ich zu bedenken.

„Das ist doch so lange her, wird Zeit, dass sie endlich Frieden mit ihrer Vergangenheit schließen. Mein Vater ist seit fünfundzwanzig Jahren wieder verheiratet, seine neue Frau kommt ebenso mit wie Dennis und Robin und dessen Frau.“

„Und wer ist Robin?“

„Mein großer Bruder.“

„Dein was?“

„Mein großer Bruder.“

Ich setzte mich aufs Sofa und schaute Sarah so streng an, wie es mir möglich war. „Könnte es sein, dass du mir nicht alles über deine Familie erzählt hast?“

„Könnte es sein, dass meine Mutter mir etwas verschwiegen hat?“, setzte Sarah nach.

„Komm, erzähle!“

„Ich habe erst erfahren, dass ich einen großen Bruder habe, als ich beim Notar war, der mir die Erbschaft von Onkel Hans eröffnet hatte.“

„Du meinst wohl Halbbruder?“

„Nein, ich meine Bruder. Ich konnte es ja auch nicht glauben, dass meine Mutter meinen Vater mit einem kleinen Jungen hier alleine gelassen hat und sich mit mir klammheimlich aus dem Staub gemacht hat. Oder hättest du das meiner Mutter zugetraut?“, fragte sie mich.

Maria, Sarahs Mutter, war immer nett zu mir gewesen, wobei ich wenig von ihr mitbekommen hatte. Denn sie arbeitete ganztags bei einer Versicherung, um Sarah zu ernähren, und auch ihr späterer Lebensabschnittsgefährte, dem Sarah ihre Halbschwester Jennifer zu verdanken hatte, hatte sich offensichtlich auf Marias Einkommen verlassen. Hätte ich Maria zugetraut, dass sie ihren kleinen Sohn einfach hinter den sieben Bergen zurückgelassen hatte? Ich schüttelte entschieden den Kopf. Maria war eine sympathische, lebenslustige Frau, die viel lachte und den Eindruck machte, dass sie alles für ihre Kinder tat. Wie man sich doch täuschen konnte.

„Das war wahrscheinlich der Grund, warum sie nicht wollte, dass du Kontakt zu deinem Vater aufnimmst“, mutmaßte ich.

„Genauso ist es“, sagte Sarah. „Komm, lass uns den Baum zu Ende schmücken, ich muss die Gänse fertigmachen, sonst kriegen wir heute Abend nichts zu essen.“

Wir behängten den Baum mit allem, was die Kiste der Firma Zapf hergab. Bunt durcheinander und schweigend. Wieso, so fragte ich mich dabei, hatte mir Sarah nichts von ihrer prekären Familiensituation erzählt? Sarah, die nie ein Geheimnis vor mir hatte, ich kannte sogar die Farbe der Unterhosen ihrer Lover. Schämte sie sich etwa? Ich nahm mir vor, sie das zu fragen, nicht an diesem, am Heiligen Abend, denn ich war gewillt und bereit, mit ihr durch die übelste Weihnachtshölle zu gehen. Denn dass die uns bevorstand, dessen war ich mir zu diesem Zeitpunkt bereits sicher. Und ich würde sie fragen, wieso sie mich nach Thüringen gelockt hatte, um Zeugin dieser Hölle zu werden. Das waren meine Gedanken an jenem trüben Morgen des Heiligen Abends. Dabei ahnte ich noch nicht einmal, dass ich tatsächlich die Hölle auf Erden erleben würde.

„Was haben Sie mich gefragt?“ Meine Gedanken sind mitten hineingesprungen in das Familienchaos, so dass ich tatsächlich den Faden verloren habe.

„Haben Sie oder jemand anderer die Axt wieder an ihren angestammten Platz zurückgebracht?“, wiederholt Schröder.

Ich schließe die Augen und versuche mich zu erinnern. Nein, ich habe die Axt nicht zurückgestellt. Sarah? Oder Dennis?

„Ich habe keine Ahnung, ich kann mich wirklich nicht entsinnen“, sage ich. Dr. Misgelt legt mir eine Hand auf den Arm. Achtung, Vorsicht soll das wohl heißen. Dabei ist es die Wahrheit, was ich gesagt habe, aber ich fühle, dass Reinhard und Schröder mir nicht glauben.

Die Berliner Familie

Bevor Sarah zum Bahnhof aufbrach, um ihre Familie abzuholen, schleppten wir den großen, schweren Holztisch aus der Küche in die gute Stube, denn zehn Personen fanden an dem Tisch vor dem roten Samtsofa keinen Platz. Während ich den Tisch deckte und die fehlenden Stühle aus der Küche nach nebenan trug, wirbelten die Gedanken durch meinen Kopf.

Der alte Bauernhof war toll, das musste ich zugeben. Über den Innenhof erreichte man ein Quergebäude, in dem Sarahs Onkel ein kleines Hotel eingerichtet hatte. Zwischen dem vorderen Haus und dem Quergebäude befanden sich die ehemaligen Ställe, die jetzt als Wirtschaftsräume dienten, und eine Scheune gegenüber, die für die Hotelgäste als Frühstücksraum umgebaut worden war. Mitten in dem mit unbehauenen Steinen gepflasterten Hof stand ein Brunnen, das Gehöft hatte eine eigene Quelle zur Verfügung.

Das vordere Haus diente ausschließlich zu Wohnzwecken für den Eigentümer, hier hatte der Denkmalschutz sicher auch ein Wörtchen beim Umbau mitzureden gehabt, während die hinteren Gebäude im Laufe der Jahrhunderte wohl öfter angebaut oder erneuert worden waren.

Sarah hatte eine „Museumsführung“ mit mir gemacht, aber außer dem vorderen Haus gab es wenig Aufregendes zu sehen, wenn man mal von der Aussicht absah. Sobald der Nebel sich gelegt hatte, hatte man von dem Vorderhaus aus eine spektakuläre Fernsicht, jedenfalls, wenn man vor die Tür trat oder durch eines der winzigen, bemoosten Fenster schaute. Waldbestandene Berge, durchzogen von tiefen Tälern, erstreckten sich bis zum Horizont. In mondlosen Nächten war es hier stockdunkel, hatte Sarah mich vorgewarnt, denn in dieser Richtung war nicht ein einziges Dorf in Sichtweite.

„Am Nachmittag des Heiligen Abends trafen also Maria und Jennifer Illner ein. Wie war da die Stimmung zwischen ihnen?“, fragt der Kommissar mit dem vollen Haupthaar.

„Gut“, sage ich. „Ein wenig entnervt von der Fahrt.“

Natürlich hatte der Zug Verspätung gehabt, nichts anderes hatten wir zu Weihnachten von der Deutschen Bundesbahn erwartet. Und so war es bereits dunkel, als Sarah mit ihrer Familie auf dem Hof eintraf. Jennifer schälte sich als Erste aus dem Wagen. Im Schein der funzeligen Lampe, die den Hauseingang beleuchtete, sah sie aus wie eine Zwillingsschwester von Sarah: An ihr war alles lang, die Beine, die eleganten Hände, die blonden Haare und sogar ihre Nase. Ich hielt Familie Illner die Tür auf, während Maria die Koffer aus Sarahs Toyota wuchtete.

Maria begrüßte mich mit einem Küsschen, auch sie hatte diese ein wenig zu lang geratene Nase, die den Frauen der Familie ein charakteristisches Aussehen gab. „Mein neugieriger Riechkolben“, pflegte Sarah ihre Nase zu nennen. Ich wusste, dass sie Komplexe deswegen hatte, und es half ihr auch nicht, wenn ich ihr immer wieder sagte, dass sie aussah wie Gisèle Bündchen.

„Himmel, war das ein Ritt", zwitscherte Maria, während sie sich an mir vorbei ins Haus drängte. Ohne zu zögern steuerte sie die Küche an. „Hier kann man ja gar nicht mehr sitzen", rief sie, als sie im Türrahmen stand.

„Ich habe alle Sitzgelegenheiten für heute Abend bereits in die gute Stube gebracht", sagte ich. Maria kannte sich in dem Haus offensichtlich aus.

Jennifer hatte neugierig die rechte Tür neben dem Eingang geöffnet und war sofort dahinter verschwunden: „Juhu, endlich ein Klo." Onkel Hans hatte den ehemaligen kleinen Hausstall, in dem früher die Milchkuh oder die Ziegen untergebracht waren, zu einer Toilette mit Duschkabine umgebaut.

„Wo sollen die Koffer hin?", fragte Maria.

„Die Hühnerleiter nach oben." Sarah ging voran zu der schmalen, hölzernen Treppe, die in das Obergeschoss führte. Für Maria hatte sie den ausgebauten Raum in der Mitte des Stockwerks vorgesehen, der durch den Ofen im Erdgeschoss mitgeheizt wurde.

„Das sieht hier ganz anders aus als früher", hörte ich Maria sagen. „Das war mal der Geräteboden. Hat der Hans aber schön ausgebaut."

Als Jennifer aus dem Bad kam, führte ich sie in die winzige Schlafkammer neben Sarahs Schlafstube. „Oh, wie niedlich", kommentierte sie das antike hölzerne Bettgestell mit den hohen Seitenteilen und der rotkarierten Bettwäsche. Die historischen Kammern im Obergeschoss waren sehr klein. Früher stellten die Eheleute ihre Betten im rechten Winkel auf, so dass auch ein zweites Bett noch in die Kammern hineingequetscht werden konnte. Das hatte mir jedenfalls gestern Abend Sarah bei der „Museumsführung“ verraten. Allerdings passte dann kein Schrank mehr in die Stube.

„Ich muss mich jetzt ums Essen kümmern, ihr könnt euch ja noch ein wenig ausruhen. Um sechs kommen die anderen Gäste.“

„Wer kommt denn noch?“, fragte Maria argwöhnisch.

„Lasst euch überraschen“, sagte Sarah.

Heiligabend

„Kamen am Heiligen Abend noch andere Gäste?“, fragte Reinhard.

„Ja, Marias Exmann Thomas mit seiner jetzigen Ehefrau Brigitte und ihrem Sohn Dennis. Außerdem Robin und Kira Illner, der älteste Sohn von Thomas Illner mit seiner Frau.“

„Waren Maria und Jennifer auf den Besuch vorbereitet gewesen, also wussten sie, was sie erwarten würde?“ Gute Frage, Herr Kommissar!

„Nein, sie wussten es nicht, und ich schätze, Maria wäre dann auch nicht nach Thüringen gekommen.“

Im Haus war es bullig warm, und ein köstlicher Duft nach gebratenen Gänsen, nach Rotkohl und Bratapfel mit Zimt und Nelken zog durchs Haus. Wir hatten die Bienenwachskerzen an unserer bunt geschmückten Fichte angezündet, und feierliche Weihnachtsmusik schallte durch das Erdgeschoss, als der erste Wagen vorfuhr. Maria schaute neugierig aus dem winzigen Fenster in der guten Stube, während Sarah ihre Gäste begrüßte.

„Ach du Scheiße“, entfuhr es Maria, als sie sah, wer da aus dem Auto stieg.

„Wer kommt da?“, fragte Jennifer.

„Ich werd’ verrückt, nein, bitte nicht! Mein Ex und meine Schwester. Ich will die nicht sehen. Nie wieder, das habe ich geschworen! Gibt es hier irgendwo ein Mauseloch?“

Genauso eine Reaktion hatte ich erwartet.

Nachdem Sarah ihren Gästen die Mäntel abgenommen hatte, führte sie sie zu uns in die gute Stube.

„Maria!“, rief der Mann erstaunt, der sich mir als Thomas Illner vorstellte. Das also war Marias Exmann, den sie mit einem kleinen Jungen in der ehemaligen DDR hatte sitzen lassen. Und Sarahs Vater, rief ich mir in Erinnerung.

Thomas Illner sah nicht schlecht aus, er hatte ein Gesicht, als wäre er über alle sieben Weltmeere gesegelt, die wasserblauen Augen schienen gewohnt, den Horizont zu suchen. Der Mann hatte eine Frau im Schlepptau, die mir irgendwie bekannt vorkam. Vielleicht lag es an der langen Nase.

„Deine Schwester brauche ich dir ja nicht vorzustellen“, sagte Thomas Illner zu Maria und wandte sich zu mir: „Das ist meine Frau Brigitte.“ Brigitte war leichenblass geworden.

Ich sah irritiert von einem zum anderen. Hatte ich das richtig verstanden? Thomas Illner war jetzt mit Marias Schwester verheiratet? Oh Sarah, was hast du da denn eingerührt, dachte ich.

Sarah kam mit einem Tablett mit Champagner und Gläsern ins Zimmer. „Wir sollten auf unser Wiedersehen anstoßen. Tante Brigitte, ein Gläschen Champagner?“

Jennifer saß auf dem Sofa und schaute nicht weniger bedröppelt als ihre Mutter. Maria hatte sie nicht vorgestellt, so unternahm ich also den Versuch, über die spannungsgeladene Atmosphäre hinwegzuquatschen.

„Das ist Jennifer, Sarahs kleine Schwester“, sagte ich. Draußen hupte es. „Kannst du den Champagner öffnen, Nico?“, fragte Sarah. Ich nickte.

„Ich bin im Übrigen Sarahs beste Freundin Nicole“, übernahm ich auch meine Vorstellung selbst.

„Meine Tochter hat Sie wohl um Verstärkung gebeten“, sagte Thomas Illner und traf damit den Nagel zielsicher auf den Kopf. „Eine kleine Vorwarnung, auf wen wir hier treffen würden, wäre nicht schlecht gewesen.“ Der Mann beherrschte den Raum. Lag es an seinem volltönenden Bass oder an seiner physischen Präsenz, dass neben ihm die Frauen fast ein wenig verloren wirkten?

„Und hier kommt Nachschub.“ Sarah und schob ein jüngeres Paar in den Raum. „Das sind mein Bruder Robin und seine Frau Kira.“

Maria, die anscheinend unter Bluthochdruck litt, bekam noch rötere Wangen, und auch Jennifer war zusammengezuckt, als hätte sie einen Stromschlag erhalten. Sarah hatte ihr bestimmt nicht erzählt, dass sie noch einen Bruder hatte, den ihre Mutter auf der Flucht im Thüringer Wald vergessen hatte. Offensichtlich hatte Sarah das ganz tief in ihrem Herzen vergraben gehabt.

Robin und Kira begrüßten Thomas und Brigitte herzlich. Robin vermied es, Maria oder Jennifer die Hand zu geben, er nickte ihnen lediglich zu und fragte mich dann, ob er mir helfen könne beim Einschenken.

Kira war weniger zimperlich, sie reichte Maria die Hand mit den Worten: „Und wenn ich das richtig verstanden habe, dann bin ich Ihre Schwiegertochter.“

Jennifer stand auf und stürzte aus dem Raum in Richtung Toilette. Fair war das nicht von Sarah, dachte ich, Jenny ohne jede Vorwarnung mit der Vergangenheit ihrer Mutter zu konfrontieren. Ich musste lächeln, als mir ein Zitat von Helmut Kohl in den Sinn kam: Jennifer hatte eindeutig „die Gnade der späten Geburt".

In dem Moment ging die Tür auf, und Dennis betrat den Raum, Sarah hatte wohl die Haustür nicht abgeschlossen. Er begrüßte Sarah mit Küsschen. Sieh an, dachte ich.

„Wir haben dich gar nicht gehört", sagte ich. Thomas übernahm die Vorstellung von Dennis, Maria und Jenny, während ich den Champagner verteilte.

„Ich weiß, dass niemand von euch gekommen wäre, wenn ich euch vorher gesagt hätte, auf wen ihr hier heute trefft", sagte Sarah mit erhobenem Glas. „Heute ist Heiligabend, und mein größter Weihnachtswunsch ist es, dass wir eine schöne, harmonische Heilige Nacht miteinander verbringen und uns gegenseitig die Sünden der Vergangenheit verzeihen. Darauf möchte ich jetzt mit euch, meiner endlich wiedergefundenen Familie anstoßen."

Dennis war der Einzige, der sein Glas sogleich gegen das von Sarah stoßen ließ. Alle anderen erhoben nur sehr zögerlich ihre Gläser.

Ich bat die Gäste, Platz zu nehmen. Sarah hatte Tischkarten aufgestellt, so dass alle bunt zusammengewürfelt saßen. Robin saß links von Maria, rechts von ihr Brigitte und gegenüber ihr Exmann Thomas.

Sarah war in die Küche gegangen, und ich folgte ihr. „Das geht tödlich schief", zischte ich ihr zu, während ich den Weißwein aus dem modernen Kühlschrank holte, der hinter einer hölzernen Wandabdeckung stand. Sarah schaute mich an und fletschte die Zähne, in diesem Moment sah sie aus wie der Leibhaftige persönlich. Ihre Familiensituation musste sie furchtbar belastet haben. Warum, so fragte ich mich erneut, hatte sie mir nie davon erzählt?

Als ich zurück in die gute Stube kam, herrschte eisiges Schweigen. Ich schenkte reihum den Wein ein und bedachte jeden mit einem Lächeln und einem lockeren Spruch wie zum Beispiel: „Champagner gibt wenigstens keine Rotweinflecken“, um die angespannte Stille zu unterbrechen.

Dann eilte ich zurück zu Sarah, um ihr beim Auftragen der Maronensuppe zu helfen. Sobald Sarah oder ich die gute Stube betraten, wurden Artigkeiten ausgetauscht, die sich anhörten wie Drohungen. „Jetzt wird es bald schneien“, sagte Brigitte, aber es klang wie: „Ihr seid schuld, wenn wir einschneien.“

Jennifer saß stumm und blass an der Stirnseite des Tisches. Sie war wie ich eine Außenseiterin, die jetzt als Publikum für dieses Drama missbraucht wurde. Allerdings waren es nicht meine Verwandten, die die Hauptrollen in dem Drama spielten. Ich hatte Jennifer zwar nie besonders gern gemocht, aber jetzt tat sie mir leid.

„Was hast du denn nun so vor mit dem Haus?“, fragte Thomas Sarah.

Es war schon erstaunlich, dass Sarahs Onkel ihr das Haus vermacht hatte und nicht seinem Bruder oder dessen Familie, ging mir erneut durch den Kopf. Ich war vor meiner Fahrt hierher gar nicht auf den Gedanken gekommen, dass es noch Familie in Thüringen geben könnte.

Sarah berichtete von ihren Plänen. „Ich habe Nico eingeladen, damit sie mir ein Konzept schreibt für ein Retrohotel. So etwas für entnervte Großstädter, ihr wisst schon, kein Handy, kein Fernsehen, kein Radio, keine Nachrichten. Zur Unterhaltung gibt es nur die alten Sagen und Märchen. Leben wie vor hundert Jahren." Ihre Wangen glühten.

„Vor hundert Jahren hättest du hier nicht leben wollen", sagte Brigitte, für Sarah Tante Brigitte, die Schwester ihrer Mutter. Hatte sie nur darauf gewartet, dass Maria abhaute, um dann Thomas Illner zu heiraten? Ich hätte zu gern Näheres gewusst.

„Die waren bitterarm hier", bekräftigte Thomas.

„Es hat sich viel geändert, ich war erstaunt, wie gut die Straßen jetzt ausgebaut sind." Zum ersten Mal schaltete sich Maria in die Unterhaltung ein.

„Da ist viel investiert worden nach der Wende", sagte Thomas Illner.

„Dass du das zugibst! Ich dachte, du trauerst immer noch deiner geliebten DDR hinterher", sagte Maria und wandte sich dann an uns: „Ihr müsst wissen, Thomas hat damals unsere innerdeutsche Grenze gegen die hässliche Fratze des Kapitalismus gesichert."

„Er war Oberst der Grenztruppe der DDR", sagte Brigitte, und es schwang so etwas wie Stolz in ihrer Stimme mit.

„Und ich hatte ganz schön Probleme wegen der Republikflucht meiner Frau", sagte Thomas.

„Aber nicht allzu lange“, wandte Maria ein, „ich bin ja erst im August abgehauen, und drei Monate später fiel die Berliner Mauer.“

„Und was haben Sie nach der Maueröffnung gemacht?“, fragte ich, um das Gespräch auf weniger verмintes Gelände zu führen.

„Wir sind zum größten Teil vom Bundesgrenzschutz übernommen und mit der Sicherung der Grenze nach Tschechien beauftragt worden.“

„Neuer Wein in alten Schläuchen.“ Das konnte ich mir nicht verkneifen. „Sind Sie immer noch beim Bundesgrenzschutz?“

„Nein, schon lange nicht mehr. Meine Frau und ich betreiben ein Kurhotel hier in der Gegend.“

„Aha“, sagte Maria.

„Ein tolles Hotel“, fuhr Dennis dazwischen. Wir hatten während des Gesprächs mehrmals Blickkontakt, und ich spürte, dass er die nächste Konfrontation vermeiden wollte.

Ich war neugierig: „Wie viele Betten haben Sie?“

„Dreihundertzweiundvierzig, um genau zu sein“, sagte Brigitte und schicke ein kleines, triumphierendes Lächeln zu ihrer Schwester. „Und ein Schwimmbad, eine Sauna und einen großen Whirlpool“, ergänzte sie. „Vier Sterne plus. Und selbstverständlich ein hervorragendes Restaurant.“

„Was man sich so alles von einer Erbschaft leisten kann“, bemerkte Maria spitz.

„Wir hatten Glück und haben das Land unserer Eltern wiederbekommen“, ergänzte Thomas zu mir gewandt.

Aha, dachte ich, Maria und Brigitte hatten also auch etwas von ihren Eltern geerbt. Oder hatten sie womöglich sogar mehr geerbt als Thomas von seinen Eltern?

„Und wie laufen die Geschäfte im Thüringer Wald?", fragte ich, weil mich das wirklich interessierte.

„Nicht so doll im Moment", gab Thomas zu, „das müssten Sie schon gemerkt haben, als Sie hergefahren sind. Viele Thüringer sind weggezogen, weil es hier zu wenige Jobs gibt. Gutes Personal ist also Mangelware, und es sind so viele Hotels gebaut worden, dass unsere Auslastungsquote nicht besonders gut ist. Es kann also nur besser werden."

„Aber es ist doch ein tolles Feriengebiet", sagte ich. Man konnte ja mal Komplimente machen, auch wenn ich nicht wirklich viel von der schönen Gegend gesehen hatte.

„Das stimmt, es ist wunderschön hier. Und es ist unsere Heimat und die unserer Vorfahren. Aber wer nicht Geld im Rücken hat, steht diese Durststrecke kaum durch, es gehen viele Betriebe pleite. Sogar ein Kurhaus hat schon Insolvenz angemeldet."

Familienbande

„Wie war denn die Stimmung zwischen dem Berliner und dem Thüringer Zweig der Familie?", fragt Apfelbäckchen.

„Eisig", sage ich.

„Und was sagte die Familie dazu, dass Sarah jetzt hier ein Hotel eröffnen wollte?" Der Oberbulle legt den Finger mitten in die Wunde.

„Sie war nicht gerade mit offenen Armen willkommen." So viel Wahrheit muss sein.

„Hat man sich um die Erbschaft gestritten?" Wenn du wüsstest, Bulle, denke ich.

„Nicht direkt um die Erbschaft. Eher um die Familienverhältnisse." Wie soll ich denen bloß erklären, was an diesem Abend auf dem Hof abgegangen ist?

„Ich finde es toll, dass Sarah jetzt auch einen Hof hier geerbt hat", sagte ich angesichts des Weihnachtsbaums.

Es war, als hätte ich eine Stinkbombe mitten in den Raum geworfen. Betretenes Schweigen rund um den Tisch. Daher also wehte der Wind. Sie waren sauer, dass Sarah geerbt hatte. Hatten sie sich Hoffnung auf die Erbschaft gemacht? Erst jetzt fiel mir auf, dass ich nicht einmal wusste, wessen Bruder Hans eigentlich war, der von Maria oder der von Thomas.

„Das war eine große Überraschung", sagte Robin. „Dabei hatten wir uns regelmäßig um Onkel Hans gekümmert."

„Was gab es da zu kümmern, er war doch nicht krank oder so?", fragte Maria.

„Doch, und er war einsam. Er lebte alleine in diesem Haus hier, das er ebenfalls zu einem Hotel umgebaut hatte." Nun hatte sich auch Kira ins Gespräch eingeklinkt. Sie war eher der verhuschte Typ, ein wenig farblos in ihren grauen Klamotten, die mit ihrem fahlen Teint konkurrierten. Ein bisschen Rouge hätte bei der Frau Wunder gewirkt.

„Hatte er keine Kinder oder eine Frau?", fragte ich.

Brigitte und Maria wechselten einen schnellen Blick. Was war da denn im Busche?

„Onkel Hans hatte keine Kinder", sagte Sarah. „Deshalb hat er mir den Hof vermacht."

„Und das Land", fügte Robin hinzu.

„Es ist schon merkwürdig, dass er nicht mir, seinem Bruder, oder einem meiner Jungs den Hof vermacht hat. Schließlich ist es das Land unserer Eltern, so etwas sollte in der Familie bleiben."

„Bleibt es ja, oder ist Sarah nicht Teil der Familie?", fragte Maria.

„Wer weiß", sagte Thomas.

Was war das denn?

„Was willst du damit sagen?", fragte Brigitte.

„Maria weiß genau, was ich damit sagen will."

Alle schauten auf Sarahs Mutter. Sie legte das Besteck beiseite und sah Thomas direkt an. „Nein, ich weiß nicht, was du damit sagen willst. Aber wenn du es weißt, dann raus damit."

„Erzähle mir nicht, dass du damals nicht mit Hinz und Kunz ein Verhältnis gehabt hast." Thomas erwiderte ihren Blick.

Das Schweigen, das darauf folgte, dröhnte in den Ohren.

„Wer im Glashaus sitzt, sollte nicht mit Steinen schmeißen, Herr Illner."

„Was soll das denn jetzt wieder heißen?" Brigittes Stimme hatte bereits einen Ton höher angenommen als zu Beginn des Abends.

Eigentlich war es Zeit, die Suppenteller abzuräumen

und die Gans aufzutragen, aber weder Sarah noch ich rührten uns.

„Das heißt, dass ihr nicht glauben solltet, ich wäre so dämlich gewesen, nicht zu merken, wie meine geliebte, kleine Schwester regelmäßig mit meinem Mann bumst."

Wow. Und das zu Heiligabend. Sarah saß da wie versteinert. Brigitte schien fieberhaft zu überlegen, was sie darauf antworten sollte.

„Und du hast mit Hans rumgemacht", sagte sie schließlich.

„Oh ja, Thomas' Bruder hat mich getröstet. Was glaubst du denn, wie es mir ging, nachdem du dich an meinen Mann rangeschmissen hast? Du wolltest schon immer alles, was ich hatte. Deshalb musste mein Mann dran glauben."

Man konnte förmlich hören, wie alle am Tisch den Atem anhielten. „Und wenn ihr es genau wissen wollt: Hans ist übrigens Sarahs Vater."

Niemand traute sich, Luft zu holen. Es war, als wären die Menschen an dem Tisch zu Eiszapfen erstarrt.

„Also, liebe Sarah, du kannst uns das heilige Familiespielen ersparen."

Sarah war blass geworden. Am liebsten hätte ich sie in den Arm genommen. Sie schaute ihre Mutter an und sagte mit der Stimme eines Eiskratzers: „Und warum hast du das nicht in meiner Geburtsurkunde angegeben oder später ändern lassen? Es hätte mir eine Menge Erbschaftssteuer erspart."

Sarah, ich liebe dich. Das hatte Klasse. Ich an ihrer Stelle hätte einen hysterischen Anfall bekommen.

„Was meinen Sie damit: Man hat sich um die Familienverhältnisse gestritten?“ Natürlich hakt Hornbrille nach, ich habe nichts anderes erwartet.

„Bis zu diesem Zeitpunkt ging Sarah davon aus, dass sie den Hof von ihrem Onkel Hans geerbt hatte. Heiligabend hat sie erfahren, dass Onkel Hans ihr Vater war, mit dem Maria während ihrer Ehe mit Thomas ein Verhältnis hatte“, erkläre ich. Himmel, das wird schwierig werden. Wer wusste was wann von wem und worüber. Die alten Familiengeheimnisse der Illners sind kompliziert.

„Es wurde eine Menge ultraschmutziger Wäsche an diesem Abend gewaschen, und danach sah alles ganz anders aus als noch am Nachmittag“, versuche ich weiter zu erklären.

Schmutzige Wäsche

Den hysterischen Anfall bekam Kira. Sie schrie ihre Schwiegermutter an: „Du solltest dich was schämen! Haust einfach ab und lässt deinen Mann mit einem kleinen Jungen hier allein. Hast du dir eine Sekunde überlegt, was das mit einem Menschen macht, der nie das Gefühl gehabt hat, dass seine Mutter ihn geliebt und beschützt hat?“

Es war, als ob das Eis in tausend Kristalle zersprungen wäre.

„Dafür war doch meine Schwester da. Nicht wahr, meine Liebe?“, sagte Maria an Brigitte gewandt.

„Maria, ich warne dich“, zischte Thomas. „Das gehört nicht hierher.“

„Ach nein, wohin gehört es dann? Wenn hier schon die schmutzige Wäsche gewaschen werden soll, dann gründlich. Und bitte auch die vollgerotzten Taschentücher nicht vergessen."

„Das mit den vollgerotzten Taschentüchern interessiert mich besonders", sagte Robin fast tonlos. Der arme Kerl, ich hatte Mitleid mit ihm.

„Robin ist bei seiner Mutter aufgewachsen und, wenn ich mich nicht irre, von ihr mit Liebe und Fürsorge überschwemmt worden, nicht wahr, Brigitteherzchen?"

Ich saß auf dem harten Holzstuhl und war gespannt wie eine Feder. Flüchtig dachte ich an die Gänse im Ofen und hoffte, dass diese nicht schwarz werden würden.

Brigitte senkte den Kopf.

„Und vergiss bitte nicht, deinen Söhnen von deiner jahrelangen Tätigkeit für die Stasi zu erzählen", fügte Maria an.

„Maria, das reicht!" Das war Thomas mit seinem volltönenden Bass.

„So, du findest, dass es reicht? Du hast meiner minderjährigen, acht Jahre jüngeren Schwester ein Kind gemacht und mich gezwungen, es als meines auszugeben. Aber die Stasi hörte und sah natürlich alles, und schon war meine liebe Schwester inoffizielle Mitarbeiterin. Ein Kind war sie damals, fünfzehn Jahre alt, als du sie geschwängert hast. Robin, es tut mir leid für dich, wenn man dich jahrelang über deine wirkliche Herkunft getäuscht hat. Nicht ich, sondern Brigitte ist deine Mutter."

Robin stand auf. „Ich muss hier raus. Tut mir leid, Sarah. Komm, Kira."

Sarah schob ebenfalls ihren Stuhl vom Tisch und folgte den beiden nach draußen. Wir hörten nicht, was sie in der Diele noch sprachen, aber wir hörten, wie ihr Wagen davonfuhr.

„Das hast du ja prima hingekriegt, vielen Dank, Maria", sagte Thomas.

„Was hast du erwartet? Dass wir hier die göttliche Komödie aufführen? Es wurde Zeit, dass du deinem Sohn reinen Wein einschenkst. Ist doch längst verjährt, Unzucht mit Minderjährigen nannte man das wohl."

„Ich hasse dich", sagte Brigitte, und es hörte sich an, als käme das aus den tiefsten Tiefen ihres Herzens.

„Oh ja, das glaube ich dir gern. Du warst ein kleines Luder, und du wirst immer ein Luder bleiben. Der Leopard wechselt nicht seine Flecken. Du wolltest immer alles, was ich hatte, du hast dich an meinen Mann rangeschmissen, hast ihn nach allen Regeln der Kunst verführt. Lolita ist nichts dagegen. Ich bin sicher, dass er dich inzwischen tausendmal betrogen hat, und das geschieht dir ganz recht."

„Wenn Thomas dich wirklich geliebt hätte, wäre das nicht passiert, und wenn Hans dich geliebt hätte, wäre er mit dir in die BRD gegangen", sagte Brigitte.

„Ja", sagte Maria, „das stimmt wohl." Es klang bitter. „Das mit Hans war schon vorher zu Ende. Deshalb bin ich ja weggegangen, hier hielt mich nichts mehr. Ich wollte nie wieder etwas mit euch zu tun haben."

„Onkel Hans war sehr krank", sagte Dennis.

„Was hatte er für eine Krankheit?", fragte ich.

„MS."

„Er hatte Multiple Sklerose? Das wusste ich nicht“, sagte Maria. „Ist er daran gestorben?“

„Nein, eher an den vielen Medikamenten, die er dagegen nehmen musste“, meinte Dennis.

„Ups, das riecht jetzt aber angebrannt“, sagte ich und stand auf.

„Meine Gänse“, rief Sarah, die seit geraumer Zeit verstummt war.

„Ich glaube, wir haben keinen Appetit mehr auf Gans“, sagte Thomas und stand auf. „Kommt, wir gehen!“

Dennis zögerte. „Dennis, wir gehen, hab ich gesagt!“

„Geh ruhig.“ Sarah lächelte ihn an. „Ich glaube, wir müssen alle unsere Wunden lecken.“

Sarah und ich brachten die Gäste nach draußen.

„Oh schaut mal, es schneit!“, rief ich. Auf der Straße hatte sich eine weiße Decke gebildet.

„Kommt gut nach Hause und fröhliche Weihnachten“, sagte Sarah, und es klang wie Hohn.

Als ich ins Haus zurückkehrte, saß Maria weinend am Tisch, während Jennifer sie zu trösten versuchte. Ich hätte Sarah am liebsten den Hals umgedreht, was hatte sie sich dabei gedacht, so eine Soap-Opera am Heiligen Abend zu inszenieren. Mir tat Maria wirklich leid. Was für eine grausame Geschichte musste sich vor ihrer Republikflucht abgespielt haben.

Aber ich hatte auch Mitgefühl mit Robin, der Junge hatte schließlich niemandem etwas getan. Thomas und Brigitte waren da ein anderes Kaliber. Ich war froh, dass Sarah nicht die Tochter von diesem Thomas war. Sarah stürmte zum Steinofen und zog fluchend die Gänse heraus. Die Kruste war schwarz.

„Komm, wir heben die Haut ab, irgendwo finden wir noch was Genießbares darunter."

„Kinder, mir ist der Appetit vergangen, ich gehe ins Bett." Das war Maria, die in der Tür stand und unsere Rettungsbemühungen verfolgte.

„Okay, Mom, tut mir leid."

Maria ging ohne ein weiteres Wort nach oben. Jennifer rekelte sich auf dem Sofa. Typisch, sie hatte nicht eine Sekunde daran gedacht, das Geschirr vom Tisch abzuräumen. Dafür machte ich mich geräuschvoll ans Werk. Als ich das Geschirr in die Spülmaschine einräumte, die genau wie der Kühlschrank hinter einer holzgetäfelten Zwischenwand verborgen war, durchbrach Sarah schließlich das Schweigen: „Jetzt ist es endlich geklärt. Danke, dass du dabei warst."

Was sollte ich darauf sagen? Sie beschimpfen, weil sie mich nicht vorgewarnt hatte, weil sie mich unter einem Vorwand hierhergelockt hatte? Ihr Vorwürfe machen, dass sie wie ein Bulldozer über die Gefühle ihrer Familie gefahren war? Oder sie einfach in den Arm nehmen, weil ich jetzt endlich wusste, was sie ihr ganzes Leben lang gequält haben musste? Ich entschied mich für Letzteres. „Komm, lass uns die kläglichen Reste essen, der Rotkohl und der Grünkohl sind bestimmt noch besser geworden."

„Die Klöße sind gleich fertig", sagte sie. Ihr liefen die Tränen herunter.

„So offen wurde darüber am Tisch gesprochen?“, fragt Schröder.

„Sie haben sich angebrüllt, und dann kamen immer neue schmutzige Details zum Vorschein. Plötzlich waren Sarahs Brüder nur noch ihre Cousins, ihr Vater nur ihr Onkel und ihr Onkel ihr Vater. Und Robins Mutter war seine Tante, und seine Stiefmutter war Robins leibliche Mutter.“ Manchmal, so finde ich, merkt man einfach, dass ich Werbetexterin bin. Das habe ich eben wirklich schön auf den Punkt formuliert.

Schröder nimmt ein Blatt Papier und seinen Kugelschreiber, mit dem er schon die ganze Zeit herumgespielt hat. „Können Sie uns das aufmalen, das hört sich gerade ziemlich kompliziert an. Wir würden das gern verstehen.“

Wie heißt doch gleich der Spruch, der in Berlin über meinem Schreibtisch hängt: *It's not creative unless it sells.* Auf gut Deutsch: Was nützt dir dein genialer Spruch, wenn ihn keiner versteht.

Die 1. Raunacht – 1. Weihnachtsfeiertag

Ich versuche, auf Schröders Armbanduhr die Uhrzeit abzulesen. Maik müsste bald da sein. Ich muss die beiden Kommissare irgendwie hinhalten, damit sie mir keine Fragen stellen, mit deren Beantwortung ich mich ins Abseits manövrieren könnte. Nachdem ich ihnen ein prima Schaubildchen von den familiären Verhältnissen der Familie Illner gezeichnet habe, lehne ich mich auf dem harten Holzstuhl zurück. Die beiden versuchen, mein Gekritzel zu verstehen. Die Grafiker in unserer Agentur können immer etwas mit meinem Gekritzel anfangen, also gebt euch ein wenig Mühe!

„Wie ging es dann weiter? Sie waren also alleine mit Sarah, deren Halbschwester Jennifer und der Mutter Maria", fragt der Kriminaloberkommissar.

Ich schließe meine brennenden, schmerzenden Augen und denke an jene erste gemeinsame Nacht, die uns alle ein wenig verstört hat. Da ich Zeit gewinnen muss, schildere ich den beiden Polizisten sehr ausführlich, welche Überraschungen am ersten Weihnachtsfeiertag auf uns gewartet hatten. Als Erstes fällt mir diese Nacht ein, in der ich mich im Bett wälzte und nicht schlafen konnte:

Nachdem wir am Abend fast schweigend die kläglichen Überreste des Festmahls gegessen hatten, verabschiedete ich mich und ging ins Bett. Die beiden Schwestern hatten einiges für sich und miteinander zu klären, da war ich fehl am Platze. Sie mussten über ihre Mutter reden, jedenfalls dachte ich das, denn ich hätte an ihrer Stelle das dringende Bedürfnis gehabt, mich mit meiner Schwester auszutauschen. Aber ich hatte ja leider keine Schwester.

Als ich unter der tonnenschweren Bettdecke lag, versuchte ich, das Erlebte zu rekapitulieren. Sarah hatte heute Abend erfahren, dass sie nicht die Tochter von Thomas Illner war, ebenso wenig die Schwester von Robin oder die Halbschwester von Dennis.

Was hatte Sarah gesagt: *Von Robin habe ich erst beim Notar erfahren.* Also vor ungefähr einem halben Jahr. Warum hatte sie ihre Mutter nicht auf Robin angesprochen? Was muss Sarah Schlechtes von ihrer Mutter gedacht und in sich hineingefressen haben?

Ich fragte mich, wie ich mich selbst in so einer Situation verhalten hätte. Impulsiv, wie ich war, wäre ich wahrscheinlich zu meiner Mutter gestürmt und hätte sie, ohne nach den Hintergründen zu fragen, erst mal mit Vorwürfen überschüttet. Sarah war anders als ich, impulsiv war sie jedenfalls nicht. Eher nüchtern und überlegt. Wie sie diesen Abend inszeniert hatte, machte mir fast Angst. Ich fühle mich Menschen unterlegen, die ihre Gefühle zu hundert Prozent kontrollieren können, Sarah möchte ich nicht zur Feindin haben.

Wollte Sarah hier wirklich ein Hotel aufziehen, oder war das alles nur ein Vorwand gewesen, um uns hierher zu locken? Nebenan hörte ich jemanden schnauben. War das Maria, die weinte? Wie musste sich die Frau heute gefühlt haben, bloßgestellt vor ihrer ganzen Familie?

Was für eine Tragik hinter so einem einfachen Satz wie „Das ist Robin, mein Bruder“ stecken konnte. Da waren zwei Schwestern, Maria und Brigitte, die eine acht Jahre älter als die andere. Die kleine Brigitte schien immer das haben wollen, was die große Maria bereits hatte. Also auch ihren Ehemann.

Hatte sie sich Thomas wirklich auf Lolita-Art an den Hals geworfen, so wie Maria das erzählte, oder hatte Thomas sie verführt? Auf jeden Fall hatte Thomas ihr ein Kind gemacht. Robin, den Maria als ihren Sohn ausgab, damit ihr Ehemann und ihre Schwester nicht mit dem Gesetz in Konflikt kamen. Und vielleicht auch, um nicht Gegenstand des Dorfklatsches zu werden? Hier kannte doch jeder jeden.

Maria war also in Hans' Arme geflohen, um ihrem Kummer mit Thomas und ihrer schwangeren kleinen Schwester zu entkommen. Was für ein Durcheinander. Aber warum hatte Maria ihrer Tochter nie gesagt, dass Hans und nicht Thomas ihr Vater war? Das wäre doch spätestens bei der Erbschaft fällig gewesen. Ich wälzte mich in meinem Bett von links nach rechts und versuchte, mich in Maria hineinzuversetzen.

Maria war in den letzten Tagen des DDR-Regimes über Ungarn in die BRD und später nach West-Berlin gekommen. Sarah war damals zwei Jahre alt gewesen. Warum war sie nicht früher abgehauen? Weil die Mauer noch keine Löcher hatte, natürlich, aber sie hätte ja auch nach Ost-Berlin gehen können. Sie musste ihre kleine Schwester trotz allem sehr geliebt haben, sonst wäre sie vorher gegangen. Offensichtlich hatte sie gewartet, bis Brigitte alt genug war, offiziell die Mutterrolle bei Robin einzunehmen. Das sah Maria schon ähnlicher, sie war eine Frau, die ihrer Verantwortung nachkam.

Doch das erklärte mir immer noch nicht, warum sie Sarah nichts von dieser Situation erzählt und den Namen des Vaters in der Geburtsurkunde nicht hatte ändern lassen. Wollte sie ihre Schwester auch später noch schützen, oder war ihr der Aufwand einfach zu groß und die Erinnerung an die Zeit hier zu schmerzhaft? Vielleicht hatte sie alles nur noch vergessen wollen. Diese Haltung wiederum konnte ich gut nachvollziehen, ich war selbst der Typ *Klappe zu, Affe tot.*

Und warum war Maria mit Sarah nach der Maueröffnung nicht einfach zurück zu Hans gegangen? Nein, diese Frage stellte sich nicht wirklich, hier im Thüringer Wald wartete auf sie der Horror. Und anscheinend hatten die beiden sich vorher bereits getrennt, nachdem sie eine jahrelange Affäre gehabt hatten. Die Liebe war wirklich eine schwierige Angelegenheit.

Oder – und das kam mir jetzt plötzlich in den Sinn – sie wusste gar nicht so genau, ob Hans oder Thomas der Vater von Sarah war. Thomas hatte ja ganz offensichtlich geglaubt, dass Sarah seine Tochter war. Zum Zeitpunkt von Sarahs Zeugung hatte es also durchaus noch eine eheliche Gemeinschaft gegeben. Hatte Maria das heute nur behauptet, weil sie Thomas eins auswischen wollte? Oh Gott, wie peinlich. Die ganze Situation war wahrlich verfahren.

Ich hörte, wie Sarah und Jennifer ebenfalls in ihren Schlafkammern verschwanden. Ob eine der Frauen heute

Nacht Schlaf finden würde? Wie würden wir morgen miteinander umgehen?

Wie gut, dass Jennifer und Maria übermorgen wieder nach Hause fuhren, so dass mir noch viel Zeit mit Sarah allein bleiben würde. Meine Freundin würde meinen seelischen Beistand brauchen. Denn dass sie mich mitgenommen hatte, wertete ich jetzt als Hilferuf.

Das alles erzähle ich natürlich nicht den beiden Polizisten. Was gehen die meine geheimsten Gedanken an. Sollen sie sich doch selbst einen Reim auf die Familiensituation machen, mein Schaubildchen sollte ihnen dabei helfen. Dafür kann ich ihnen ausführlich erzählen, wie es dazu kam, dass wir auf dem Hof festsaßen.

Der erste Schnee

Als ich am Morgen erwachte, war es noch fast dunkel in meiner Schlafkammer. Ich schaltete die Nachttischlampe ein. Die Birne schien durchgebrannt zu sein. Also setzte ich mich im Bett auf und blickte durch das winzige Fenster. Auf den Sprossen lag Schnee, draußen schneite es dicke Flocken, man konnte nicht sehr weit sehen.

Schnee, wie wundervoll, dachte ich, wenigstens etwas, das ein wenig Weihnachtsstimmung aufkommen ließ. Ich liebte die Stille, die einsetzt, wenn Schnee fällt, ich mochte es, wenn Frau Holle ihre Betten ausschüttelte und eine weiße Decke über alle alltäglichen Sorgen breitete.

Bei dem Gedanken an Frau Holle fiel mir ein, dass ich

mir reichlich Märchen-Lektüre mitgenommen hatte. Aber erst mal würde ich den gestrigen Abend von mir abduschen, dachte ich und schlüpfte in die Filzlatschen, die Sarah mir gegeben hatte.

Brrr, war das kalt hier. Hatte Sarah das Feuer ausgehen lassen? Schnell huschte ich in das kleine Duschbad, das Hans in dem ehemaligen Plumpsklo gebaut hatte. „Früher war hier einfach eine Öffnung im Boden, durch die man sein Geschäft verrichtete, wenn man nachts nicht aus dem Haus wollte, darunter befand sich der Misthaufen", hatte Sarah mir bei der „Museumsführung" erklärt.

Ich stellte die Dusche an und zog meinen warmen Schlafanzug aus. Mit dem Fuß testete ich die Temperatur, eiskalt. Verdammt, warum dauerte das so lange? Das Wasser rauschte, aber es wurde und wurde nicht wärmer.

Ich öffnete die Tür und betätigte den Lichtschalter. Kein Licht. Ich huschte, nackt wie ich war, zu dem Lichtschalter neben der Treppe, der die Lampe in der Diele bediente. Aber auch hier: kein Licht.

Mir schwante nichts Gutes: War der Strom ausgefallen? Ich schlüpfte zurück in das winzige Bad, putzte mir die Zähne und schaufelte mir eiskaltes Wasser ins Gesicht. Das musste reichen. Zurück in meinem Zimmer zuppelte ich meinen Norwegerpullover aus dem Schrank, den ich noch nie in meinem Leben getragen hatte. Er war ein Geschenk meiner Oma. Das Ding war jetzt genau richtig.

Die anderen schienen noch zu schlafen, als ich im Halbdunkel hinunter in die Küche stieg. Da die Stühle und der Tisch noch in der guten Stube standen, war es hier ziemlich leer. Ich räumte die Reste des vergangenen

Abends in die Geschirrspülmaschine, bis mir einfiel, dass die natürlich auch nicht funktionieren würde, wenn der Strom ausgefallen war.

Wo war der Sicherungskasten? Ich musste wohl oder übel auf Sarah warten, dabei hätte ich so gern Kaffee für alle gekocht. Immerhin war es hier warm, der Ofen war also noch nicht ausgegangen. Sollte ich Holzscheite oder Kohle nachlegen, damit wenigstens diese Wärmequelle nicht versiegte?

Aber wo hatte Sarah die Holzscheite und die Kohle gelagert? Draußen, unter einem Vordach wahrscheinlich. Ich ging zur Haustür und öffnete sie. Ein eiskalter Wind fegte Schnee in die Diele, ich konnte kaum die Hand vor Augen sehen. Schnell schloss ich die Tür und beschäftigte mich damit, die Stühle wieder zurück in die Küche zu tragen. Vielleicht konnte ich in dem Steinofen Wasser kochen und damit einen Kaffee zubereiten.

Ich schaute mich suchend in der Küche um, irgendwo musste Sarah doch Kaffee und Filtertüten aufbewahren. Vermutlich war alles, was modern war, hinter der hölzernen Vertäfelung verschwunden, so dass beim Betreten des Raumes der Eindruck entstand, man käme in eine Originalküche aus dem siebzehnten Jahrhundert. Sarahs Vater Hans hatte dieses Haus offensichtlich mit viel Liebe und Sachverstand restauriert.

Hinter dem mittleren Holzpanel fand ich tatsächlich einen Hängeschrank, in dem sich Kaffee und Filtertüten befanden. Darunter war eine Spüle, und darauf stand eine Kaffeemaschine. Ich holte mir einen von den alten Töpfen, die neben der Tür in einem hölzernen Bord hingen, und füllte ihn mit Wasser. Mit dem Topf ging ich in den Raum mit dem Steinofen und musste erkennen, dass das nicht funktionierte, weil der Raum mangels Fenstern stockduster war. Würde ich das Wasser im Rohr des Kachelofens auf der anderen Seite der Wand in der Küche zum Kochen kriegen? Einen Versuch war es wert.

Leise vor mich hin summend öffnete ich die obere Klappe des eiförmigen Ofens und stellte den Topf hinein.

In dem Moment kam Sarah die Treppe herunter. „Mist, das Licht ist ausgefallen!"

„Der gesamte Strom im Haus", entgegnete ich und betrat die Diele. „Weißt du, wo der Sicherungskasten ist?"

Sarah kroch unter die Treppe. „Hier irgendwo. Gibst du mir mal die Taschenlampe, die auf der alten Truhe dort vorne liegt?"

Ich reichte Sarah die Lampe. „Mhm, komisch, hier scheint alles in Ordnung zu sein." Man hörte, wie sie an den Kippschaltern herumschaltete, aber es tat sich nichts. In gebückter Haltung kam sie unter der Treppe hervor.

„Und jetzt?"

„Tja, es scheint sich um einen totalen Stromausfall zu handeln. Das passiert hier wohl öfter in den Bergen. Dafür gibt es ein Notstromaggregat in dem ehemaligen Schweinestall im Hof. Das müssen wir jetzt einfach anschmeißen, und es werde Licht."

Während ich rede und rede, sehe ich, wie Reinhard und Schröder einander vielsagende Blick zuwerfen. Nur mir sagen sie nichts. Die beiden scheinen sich wortlos zu verstehen. Ich folgere daraus, dass Apfelbäckchen und

Hornbrille schon sehr lange zusammenarbeiten, sie benehmen sich wie ein altes Ehepaar.

„Sie fanden es also normal, dass der Strom am Weihnachtsmorgen ausfiel?“, fragt Apfelbäckchen.

Tja, was soll ich darauf sagen. Dr. Misgelt legt mir wieder die Hand auf den Arm. Ich schaue auf seine sorgfältig manikürten Fingernägel und wäge meine Worte ab: „Wir dachten, dass es sich um einen außergewöhnlich starken Schneesturm gehandelt hat, der vielleicht irgendwo eine der Überlandstromleitungen heruntergerissen hat.“ Misgelt zieht seine Hand zurück.

„Weiter“, fordert mich Hornbrille auf.

Schneeschippen

Wir setzten uns in der Diele auf die Bank und zogen uns unsere festen Schuhe und dicken Jacken an, an die selbst wir Großstadtpflanzen gedacht hatten.

„Hier entlang.“ Sarah zeigte auf eine Tür in der Stirnseite der Küche. Sie führte in den Hof, der von vier Seiten von Gebäuden beziehungsweise einem großen Tor umgeben war. Als Sarah die Tür öffnete, landete ein dicker Schneeberg in der Küche.

„Ach du Scheiße!“

Es hatte offensichtlich die ganze Nacht geschneit, im Hof lag hoher Schnee.

„Und jetzt?“, fragte ich.

„Und jetzt wird geschippt, was das Zeug hält, wir müssen zu den Schweineställen rechts.“

„Wo sind die Schippen?"

Sarah zeigte auf eine Ansammlung von Stielen, die an der Hauswand aus dem Schnee ragten.

„Na dann, Frühsport", sagte ich.

„Das hat mir gerade noch gefehlt. Ohne Kaffee funktioniere ich nicht."

„Ich habe Wasser in den Ofen gestellt."

„Nico, du bist die Größte. Bitte, kannst du schon mal loslegen, ich muss den Ofen befeuern, sonst sitzen wir bald im Kalten. Hier wird hauptsächlich mit Strom geheizt."

„Wo lagerst du Kohle und Holz?"

„Draußen im Hof unter dem Vordach, den Weg dahin müssen wir auf jeden Fall freischippen. Und hier." Sarah zeigte auf die Ofenbank, die man hochklappen konnte. Darunter hatte sie Holz und Kohle gestapelt. „Ich heize von hier aus, das ist am einfachsten."

Während Sarah sich am Feuer zu schaffen machte, machte ich mich daran, einen Weg von der Küche zum Schweinestall zu schippen. Das war gar nicht so einfach, als alte Berliner Etagenkatze hatte ich noch nie in meinem Leben einen Zentimeter Schnee geschippt. Wenn man den Schnee nicht ordentlich rechts und links von dem Weg hochschippte, fiel alles sofort wieder dahin zurück, woher es gekommen war. Nach zwei Metern hatte ich den Bogen raus, war aber bereits nass geschwitzt. Wie konnte es in einer einzigen Nacht nur so viel schneien?, fragte ich mich.

„Hier, Schatzi, Ablösung!" Sarah reichte mir eine dampfende Tasse Kaffee. Der schmeckte zwar scheußlich und war viel zu dünn, aber er war heiß und enthielt eindeutig Koffein. Ich setzte mich damit auf einen der Stühle in der Küche, während Sarah sich die Schippe schnappte und versuchte, dem Schnee Herr zu werden. Auch meine liebste Freundin hatte so ein Ding wohl zum ersten Mal in ihrem Leben in der Hand.

„Sag mal, kommen wir hier eigentlich irgendwie weg bei dem Schnee?“

Sarah drehte sich um und sah mich zweifelnd an. „Ich denke schon, die werden den Weg räumen, ist ja schließlich öffentliches Straßenland.“

„Noch ist nichts geräumt.“

„Wird noch, ist schließlich Weihnachten.“

In dem Moment kam Sarahs Mutter in die Küche. „Guten Morgen, ist der Strom ausgefallen?“ Ich nickte, und als sie sah, dass Sarah draußen am Schneeschippen war, ging sie in den Flur und zog sich ebenfalls wetterfeste Schuhe und ihren Anorak an.

„Wir wollen zum Notaggregat in den Schweinestall“, erklärte ich.

„So was gibt es jetzt hier? Toll!“

„Ist hier früher öfter der Strom ausgefallen?“, fragte ich.

„Ab und zu.“ Sie schnappte sich eine Schippe. Auch ich wollte mir gerade wieder eine holen, als Jennifer in die Küche kam.

„Wieso gibt es kein Licht und kein warmes Wasser?“, fragte sie in vorwurfsvollem Ton.

Ihre Mutter drehte sich zu ihr um: „Wenn du mithilfst, haben wir bald wieder Strom.“

„Da draußen? Da erkälte ich mich bloß", sagte Jennifer. „Gibt es hier irgendwo Kaffee?"

Ich zeigte auf das Gebräu, das auf der Spüle stand.

Jennifer roch daran. „Riecht wie Katzenpisse. Haben wir keinen richtigen Kaffee?"

Ich wusste schon, warum ich Jennifer nie so besonders gemocht hatte. Sie war das typische Nesthäkchen.

„Besser als nichts", sagte ich und ging ebenfalls nach draußen. Der soeben freigeschippte Weg war sofort gefroren. Es war lebensgefährlich glatt.

„Haben wir hier Salz oder Holzspäne oder Kohlesplit oder irgendwas, womit man das ein wenig rutschfester gestalten könnte?"

„Salz geht nicht, das würde sofort ins Grundwasser gehen, hier ist ein Trinkwasser-Brunnen", sagte Maria. „Wir nehmen für so einen Fall normalerweise Sand."

„Und wo könnte ich Sand finden?", fragte ich.

Die beiden Frauen hörten auf zu schippen.

„Gute Frage, ich habe keinen Sandhaufen gesehen." Sarah schüttelte den Kopf.

„Dann nimm Asche", sagte Maria.

„Wo lässt du die Asche, wenn du den Ofen ausräumst?", fragte ich Sarah.

„In dem Metalleimer neben der Ofenbank. Ist aber nicht viel drin, ich habe den vorgestern ausgeleert."

Ich griff mir den Eimer und schaute hinein. „Das müsste fürs Erste reichen." Mit der Schaufel verstreute ich die Asche auf dem freigeschaufelten Weg. Jennifer beobachtete mich mit den Augen einer Katze, die kurz vor dem Eindösen ist.

„Schweißtreibend“, rief Sarah, die mittlerweile bis zum Brunnen vorgedrungen war.

„Und mega sinnlos.“ Jennifer gähnte herzhaft. „Der Weg ist doch gleich wieder zugeschneit.“

„Absolut nicht sinnlos, denn Prinzesschen will doch sicher heute noch eine schöne heiße Dusche“, sagte ich. „Und im Schweinstall ist ein Stromaggregat.“

„Aha.“

Man glaubt nicht, wie lange man für ein paar Meter Weg schippen muss, obwohl wir zu dritt schaufelten. Ich kam mir vor wie ein Polarforscher. Ein Blick in den Himmel sagte mir, dass wir uns beeilen mussten, denn es würde sicher bald wieder anfangen zu schneien, es sah nach Weltuntergang aus.

„Jennifer, du könntest uns ein paar Brote zum Frühstück machen“, rief ich. Warum sagten eigentlich Sarah und Maria nichts, war ich hier für die Kindererziehung zuständig? Wobei man Jennifer mit ihren neunzehn Jahren bei allem guten Willen nicht mehr als Kind bezeichnen konnte.

„Ich weiß nicht, wo ich hier was zum Essen finde. Und es ist kein Tisch hier, auf dem man Brote schmieren kann.“

„Dann such einfach!“, rief ich von draußen.

Kurz bevor wir die Tür zum ehemaligen Schweinestall freigelegt hatten, begann der Schneesturm. Man hatte das Gefühl, dass der Schnee horizontal fiel, er stach in Augen und Nase, Tränen liefen mir die Wangen herunter und schienen sofort anzufrieren. Wir schaufelten, schoben und schippten wie die Weltmeister, jetzt verbissen dem Sturm trotzend. Wie schlimm musste der Sturm erst draußen vor dem Hof sein, hier drinnen war man ja von allen vier Seiten ein wenig geschützt. Windböen fegten in die Schneeberge, die wir aufgetürmt hatten, und verwehten sie quer über den Hof. Aber wenn drei Frauen etwas wollen, schaffen sie es auch, und wenn sie die Rocky Mountains mit der Pommes-frites-Gabel umpflügen müssen.

Gemeinsam öffneten wir das alte Holztor zu dem ehemaligen Stall, in dem jetzt ein Wirtschaftsraum für die Hotelgäste untergebracht war. In einer der ehemaligen Schweinekojen stand das Notaggregat.

„Weißt du, wie man das bedient?", fragte ich. Ich hatte so ein Ding noch nicht mal gesehen, geschweige denn eine Ahnung davon, wie man es in Gang setzte.

„Es funktioniert mit Benzin", sagte Sarah. „Glaube ich jedenfalls." Aha, sie hatte es also auch noch nicht benutzt. Aber es roch tatsächlich nach Benzin in dieser Koje.

„Eine Gebrauchsanweisung gibt es dafür wohl nicht", stellte ich fest, während ich mir die unterschiedlichen Hebel, Schalter und Knöpfe anschaute. Ich hatte eindeutig Respekt vor dem Ding.

„Lass das mal Muttern machen." Maria schaute sich das Aggregat genau an. „Wir brauchen Benzin, ganz einfach. Wo ist das Zeug gelagert?"

„Ist keines drin?", fragte Sarah.

„Nö, soweit ich sehe, nicht", sagte Maria. „Guckt mal hier, das ist die Tankanzeige, und die steht auf leer."

Wir suchten den ganzen Raum nach einem Benzinkanister ab. „Wo könnte der denn aufbewahrt werden?", fragte ich Sarah.

„Ich habe keine Ahnung, für so etwas sind die Linnemanns zuständig."

„Gibt es hier irgendwelche landwirtschaftlichen Maschinen? Du hast doch auch Land geerbt, das muss ja irgendwie bewirtschaftet werden."

„Das machen die Linnemanns, die Maschinen sind bei denen untergebracht. Onkel Hans hat die Scheune zu einem Frühstücks- und Versammlungsraum umgebaut."

Mir entging nicht, dass Sarah noch immer Onkel Hans sagte.

„Es bringt auch nichts, uns zu den Linnemanns durchzuschlagen, die sind im Weihnachtsurlaub. Dann müssen wir eben im Dorf anrufen, damit uns jemand Benzin bringt."

„Tolle Idee, Nico. Im Moment kommt sowieso keiner durch, da die Straße nicht geräumt ist. Außerdem fürchte ich, das können wir nicht. Du weißt doch: kein Handyempfang."

„Aber du hast doch Festnetz."

„Ja, aber die Anlage hängt am Strom."

„Du hast dein Auto draußen stehen. Könnten wir da nicht Benzin abzapfen?", fragte Maria.

„Auf die glorreiche Idee wäre ich auch gekommen. Allerdings habe ich gestern überlegt, ob ich noch tanken sollte, bevor ich zum Bahnhof fahre, hatte es dann aber so eilig, dass ich mir gesagt habe, ist zwar auf Reserve, wird aber noch reichen bis nach Hause." Typisch Sarah!

„Mist. Und nun?"

„Und nun frühstücken wir erst mal", sagte Sarah, „was sollen wir sonst tun?"

„Moment mal“, unterbricht mich Schröder. „Sie stellten also fest, dass kein Benzin im Tank war. Haben Sie nicht noch woanders nach Benzin gesucht?“

„Wir sind davon ausgegangen, dass Benzin nicht im Haus oder in den Räumen der Pension aufbewahrt wird, sondern da, wo es gebraucht wird, in der Nähe des Aggregats.“ Hält der uns für total bescheuert?

„Und es ist Ihnen nicht merkwürdig vorgekommen, dass es kein Benzin mehr gab? Haben Sie nicht vermutet, dass man Sie vielleicht absichtlich frieren lassen wollte?“

„Ehrlich gesagt, zu diesem Zeitpunkt noch nicht, nein“, antworte ich.

Der Blick, den Schröder seinem Kumpel zuwirft, sagt sogar mir: *Mensch, sind die naiv!*

Laut sagt er: „Weiter, bitte!“

Wir staksten also wie auf Eiern zurück ins Haus. Jennifer saß immer noch auf demselben Stuhl, von dem aus sie uns durchs Küchenfenster bei der Arbeit beobachtet hatte. Sarah und ich trugen den schweren Holztisch zurück in die Küche, Maria stellte den Kaffee, Teller und Besteck in die Mitte.

Während Sarah ihre Frühstücksvorräte aus dem Kühlschrank holte, fragte Jennifer: „Was ist, wann kann ich duschen?“

„Wenn die Straße geräumt ist“, sagte Maria.

„Stell dich nicht so an“, ermahnte Sarah ihre kleine Schwester. „Mach dich lieber ein bisschen nützlich!“

„Und wann kommen wir hier endlich weg? Hier kann man ja nur abkacken!“

„Wenn die Straße geräumt ist“, wiederholte Maria.

„Sie wird doch geräumt, oder?“ Sarah sah ihre Mutter nahezu flehentlich an.

„Ich denke schon, aber ich bin fast siebenundzwanzig Jahre nicht mehr hier gewesen.“

„Wie war denn das früher?“, fragte ich.

„Ganz früher? Also in meiner Kindheit? Da blieb man bei Schnee einfach zu Hause. Wir haben es geliebt!“

„Und dann?“

„Später gab es natürlich einen sogar gut funktionierenden Winterdienst. Da wurden die Hauptstraßen geräumt. Klar, dass man da in schneereichen Wintern hier im Thüringer Wald kaum nachkam, ein paarmal ist der Katastrophenfall ausgerufen worden. Irgendwann in den späten Siebzigern, da war es richtig schlimm, wenn ich mich recht entsinne. Da musste sogar die Nationale Volksarmee mit ran beim Schneeschippen.“

„Mama, hier, unsere Straße, was war damit?“ Sarah wurde ungeduldig.

„Ich kann mich nicht erinnern. Ehrlich. Ich nehme an, dass man mit dem Traktor runtergefahren ist und damit den Schnee plattgewalzt hat. Ich komme ja nicht aus diesem Ort.“

„Woher kommst du?“, fragte ich.

„Aus Schnett, das ist hier in der Nähe.“

„Und hier, die Gehöfte, was war mit denen? Gelangte man dahin im Winter?“

„Na klar, die gehörten doch alle zur LPG“, sagte Maria. „Landwirtschaftliche Produktionsgenossenschaft“, setzte sie nach.

„Wir müssen also warten, bis man uns hier befreit", stellte ich fest.

„So sieht's aus. Kein Strom, nur unsere Öfen hier unten als Heizung. Immerhin."

Draußen gab der Wind ein beunruhigendes Konzert. Ängstlich blickte ich zum Fenster. Man sah nur noch diffuses Weiß.

„Wie sieht es mit Kerzen aus, hast du dich da eingedeckt?", fragte ich Sarah.

„Du kennst doch meinen Weihnachtsschmuckfimmel. Ich schätze, in meiner Weihnachtskiste müssten noch die Adventskranzkerzenreste der letzten zehn Jahre liegen. Die habe ich immer nur halb runtergebrannt. Außerdem habe ich eine Hunderterpackung Teelichter. Und wir haben noch zwei neue Adventskränze sowie einige neu befüllte Laternen in der Diele. Weil ich das so romantisch fand."

„Na prima, das müsste für ein paar Stunden reichen. Wir sollten oben die Türen zu unseren Schlafkammern öffnen, damit die Wärme von dem Ofen hier, die mit dem Rohr nach oben geleitet wird, wenigstens ein bisschen was an die Schlafkammern abgibt. Nur zur Vorsicht, falls wir hier heute noch nicht vom Winterdienst erlöst werden", sagte Maria. „Und lasst uns noch Holz von draußen reinholen, damit das hier drinnen trocknen kann."

Ich stand auf. „Das mache ich gleich, sicher ist sicher."

„Warte, ich hole die Kiste, dann kannst du ein paar Kerzen mit nach oben nehmen, vor allem für das Bad und die Diele, damit man sich da nicht den Hals bricht", schlug Sarah vor.

„Jeder sollte außerdem eine eigene Laterne bekommen,

das ist sicherer als offenes Feuer, und man kann sie transportieren“, sagte Maria und ging in die Diele, um die Laternen einzusammeln, die Sarah auf einer alten Truhe schön dekoriert hatte.

Nachdem Sarah die Kiste von Zapf auf den Tisch gestellt hatte, begutachteten wir die Kerzenreste, während Jennifer immer noch an ihrem Frühstücksbrot kaute. Ich musste grinsen, denn man konnte an den Farben erkennen, welcher Kranz in welchem Jahr dran gewesen war. Meine liebe Freundin neigte dazu, die angesagte Farbe des jeweiligen Jahres zu wählen: Da gab es orangefarbene Stumpen, graue, jaguargrüne, winterweiße und bordeauxfarbene Kerzen. An einigen klebten noch die Reste des Adventskranzes, oder es hatten sich Zimtstangen und Kardamomkapseln in das Wachs gedrückt. Auf jeden Fall hatten wir genug Kerzen, um einige Abende hier zu erhellen. Wobei die Abende jetzt bereits kurz nach dem Mittagessen begannen.

Ich nahm mir einige Kerzen und Feuerzeuge und stieg damit die Treppe ins Obergeschoss hoch. In jedem Zimmer, im Bad und in der Diele deponierte ich Kerzen und ließ alle Kammertüren geöffnet. In dem ehemaligen Speicher, in dem Maria schlief, war es ein wenig wärmer als im Rest der Räume, der Ofen unten leistete Gott sei Dank gute Arbeit. Ich ging in mein Zimmer und schnappte mir mein eBook. Wie gut, dass ich das wenigstens zu Hause voll aufgeladen hatte. Und wie gut, dass ich meine Eltern bereits am Heiligen Abend angerufen hatte, bevor die Gäste gekommen waren. Sie würden sich sonst fürchterliche Sorgen machen.

Sarah schleppte Holz aus dem Hof herein, während Maria ihr immer so kurz wie möglich die Tür öffnete und wieder hinter ihr schloss, damit der Wind nicht den Schnee in die Küche fegte.

„Du hast hoffentlich ordentlich eingekauft", fragte Maria ihre Tochter, als ich wieder nach unten kam.

„Ach du Schreck", fiel Sarah ein, fast hätte sie die Holzscheite fallen lassen. „Der Tiefkühlschrank!"

„Da hält sich die Kälte vierundzwanzig Stunden", sagte Maria. „Und einen Kühlschrank brauchst du jetzt nicht."

„Ich habe die Tiefi voll mit Pizzen, Brötchen und Brot. Außerdem eine Lammkeule, Schweinefilet, zwei Hähnchen und zwei Steaks."

„Das hört sich nach einem Gelage an."

„Ich habe so viel eingekauft wie möglich, aber das Ding ist nicht sehr groß", sagte Sarah. „Das frische Brot reicht nur noch für zwei Tage, schätze ich."

„Ist mir doch Latte." Jennifer drückte sogar mit ihrer Körperhaltung totalen Unwillen aus. Kein Wunder, sie war ein Internetjunkie und seit vierundzwanzig Stunden auf Entzug.

„So lange werden wir hier doch wohl nicht auf dem Trockenen sitzen", sagte ich.

„Wie viel Grad hat es eigentlich draußen, hast du hier irgendwo ein Thermometer?", fragte Jennifer.

Sarah zeigte auf das Thermometer am Fenster. „Minus drei."

„Ist gar nicht so kalt. Vielleicht taut es ja bald wieder", sagte Maria.

„Sie haben also gemeinsam eine Notfall-Vorsorge vorgenommen, sehr vernünftig“, kommentiert Apfelbäckchen.
„Ja“, sage ich, „und dann wussten wir nicht mehr, was wir noch tun konnten.“

Pläne

„Also wenn wir nichts anderes zu tun haben, können wir uns ja dem widmen, weshalb wir hergekommen sind“, schlug ich vor, nachdem wir die Holzscheite so neben dem Ofen gestapelt hatten, dass wir zwar noch durchkamen, aber so viele wie möglich getrocknet wurden. Wenn ich ganz ehrlich war, fand ich die Situation sogar irgendwie romantisch. Auf jeden Fall aufregend, und aufregend war genau das, was ich mir von einem Urlaub immer erhoffte.

„Und weshalb bitte sind wir hierhergekommen?“, fragte Maria und ließ sich ächzend auf einen Stuhl sinken. Als ich Sarahs Blick sah, merkte ich, dass ich wohl gerade in ein Fettnäpfchen getreten war. Was hatte sie ihrer Familie erzählt? Gab es da eine andere Story als die, die sie mir aufgetischt hatte? Ich zog die Augenbrauen in die Höhe, um Sarah zu signalisieren, dass sie jetzt mal ein wenig „Butter bei die Fische“ zu geben hatte, und klemmte mich ebenfalls wieder hinter den Küchentisch.

„Ich habe euch eingeladen in der Hoffnung, dass ich nach diesem Weihnachtsfest weiß, was ich mit dem Haus anfangen soll. Behalten oder verkaufen, das ist doch die Frage.“

Maria warf ihrer Tochter einen prüfenden Blick zu. Vorsicht, Sarah, deine Mutter ist nicht blöd!

„Du hast uns hierher gelockt, damit wir dir in dieser verdammten Einöde die Zeit vertreiben und du Mama mal so richtig vorführen kannst“, sagte Jennifer.

„Jenny, es ist gut, okay?“, warnte Maria.

„Nichts ist okay, Mama, ich bin stinksauer. Was glaubst du denn, was das gestern sollte? Kann man nicht mal wenigstens zu Weihnachten die liebe Seele ruhen lassen?“

Oh nein, es ging schon wieder los. Ich musste eingreifen: „Sarah hat sich überlegt, aus dem Hof ein Retrohotel zu machen. Denn wie wir gestern gehört haben, scheinen sehr viele Hotels in der Gegend gebaut worden zu sein, und jetzt haben die Dinger nicht gerade Hochkonjunktur. Wenn Sarah das Hotel also behalten will, braucht sie ein tragfähiges Konzept, wie man eine Zielgruppe anspricht. Und möglichst eine andere Zielgruppe als die Wandertouristen, die sonst in die Gegend kommen.“

„Retrohotel“, warf Jennifer ein, „dass ich nicht lache. Da brauchst du doch gar nichts zu tun. Siehst doch, dass es hier nicht nur so aussieht wie vor dreihundert Jahren, sondern genauso ist. Kein Strom, keine geräumten Straßen, kein Handynetz. Der mega Hammer! Ich kenne niemanden, der dafür infrage käme, wer geht schon freiwillig in ein Gebiet, in dem man keinen Handyempfang hat.“

Ich konnte mir ein Lächeln nicht verkneifen. „Jennifer, du würdest dich wundern, wie viele Menschen davon genervt sind, dass gerade jüngere Leute den ganzen Tag nur auf ihr Handy starren und kaum mehr in der Lage sind, normal zu kommunizieren.“ Ich musste ja nicht sagen, dass ich gerade auch von ihr sprach. Jennifer verdrehte auch so schon die Augen.

Die beiden Polizisten grinsen sich an. Es scheint, als ob auch sie zu Hause von Internetjunkies umgeben sind.

„Das ist wirklich so“, pflichtete mir Maria bei.

„Aus Zitronen Limonade machen, das hast du mir doch immer gepredigt, Mama“, sagte Sarah. Es war ihr offensichtlich ganz lieb, dass wir das Thema von gestern Abend weiträumig umschifften. Mir war es recht, ich fand, dass es eine Sache war, die ausschließlich Sarah und ihre Familie anging und mich nicht als Zuschauer brauchte. Wenn Sarah sich ausheulen wollte, würde ich natürlich für sie da sein.

„Kein Strom und keine geräumten Straßen gehen gar nicht, das ist klar. Aber das größte Manko hier zum Kaufanreiz zu machen, das ist bestimmt keine schlechte Idee. Wobei ich mich frage, wer so ein Hotel betreiben soll. Das willst du doch wohl nicht selbst übernehmen, oder?“

„Ich müsste Personal einstellen, das ist klar“, sagte Sarah. „Ich weiß ja selbst nicht, was ich will. Ich liebe meinen Job, ehrlich, obwohl ich in letzter Zeit häufiger darüber nachgedacht habe, ob ich nicht als Freie arbeiten sollte. Dann könnte ich meine Arbeit von jedem Platz dieser Welt aus erledigen, ohne einen Chef vor der Nase zu haben oder immer für den gleichen Chef zu arbeiten. Ein Leben als digitaler Nomade hat seinen Reiz.“

„Von jedem Platz der Welt aus, nur nicht von hier“, pampte Jennifer dazwischen.

„Ich glaube, dass ein Hotel nur funktioniert, wenn man als Chef selbst anwesend ist", sagte Maria. „Du weißt doch, ist der Chef aus dem Haus, tanzen die Mäuse auf dem Tisch."

Ich musste ihr recht geben. „Interessante Idee mit dem digitalen Nomadentum. Allerdings brauchst du dazu eine gute Netzabdeckung. Und die gibt es hier einfach nicht."

„Außerdem bist du hier weiß Gott nicht gerade willkommen", sagte Maria.

Ich nehme noch einen Schluck von dem gallebitteren Kaffee. Den Rest dieser Diskussion werde ich wohl für mich behalten, die intimsten Geheimnisse der Illners gehen die Bullen einen feuchten Kehricht an.

„Wie kommst du denn darauf?", fragte Sarah.

„Bist du von meiner wunderbaren Familie etwa mit offenen Armen empfangen worden?"

„Sie waren sehr nett zu mir", sagte Sarah. Es klang ein wenig trotzig.

„Solange du als Thomas' Tochter hier rumläufst, muss man den Schein wahren. Thomas hat im Ort alles unter Kontrolle. Er war hier der Platzhirsch, und wenn mich nicht alles täuscht, dann ist er das immer noch", sagte Maria.

„Wieso eigentlich?", wollte ich wissen.

„Weil die Menschen das so gewohnt sind. Früher war er der verlängerte Arm der Obrigkeit in diesem Ort, und Hans war Leiter der LPG. Und nach der Maueröffnung hat sich die Familie Illner all das Land zurückgeholt, was sie in der DDR in die LPG hatten einbringen müssen. Thomas und Hans das Erbe ihres Vaters, wozu auch dieser Hof gehörte, und Brigitte das Erbe unserer Eltern. Die Illners waren vor dem Krieg die reichsten Bauern weit und breit. Ich weiß zwar nicht, wie viel Thomas und Hans geerbt haben, aber ich weiß, wie viel meine Schwester und ich von unseren Eltern geerbt und verkauft haben. Brigitte hat ihr Erbe also auch noch mit in den Haushalt eingebracht. Oder dachtet ihr, die haben einen Pfennig selbst erarbeitet, mit dem sie sich so ein großes Hotel leisten können? Sarah, du weißt doch selbst, wie viel Land du von Hans geerbt hast. Ich weiß, dass dich das nicht interessiert, weil du meinst, dass man mit Wäldern und Feldern nichts anfangen kann, da die für wenig Geld verpachtet sind. Das ist zu kurz gedacht. Hier baut die Deutsche Bahn, hier werden Windkrafträder und Sonnenkollektoren aufgestellt. Dafür braucht man Land. Denk mal darüber nach. Es geht hier nicht um sentimentale Gefühle oder romantische Ferienhäuser, es geht knallhart ums Geschäft."

Wieder musste ich Maria recht geben. Nach der Vorstellung gestern Abend konnte ich mir kaum vorstellen, dass Sarah hier gern gesehen wurde. Hatte nicht auch Dennis so etwas angedeutet? Was würde das für ein Hotel bedeuten? Boykott? War deshalb der Strom ausgefallen? Diesem Thomas Illner traute ich alles zu.

Aber für die Polizei fahre ich fort mit Sarahs Plänen:

„Ich schätze, du hättest zumindest Schwierigkeiten, im Ort Personal zu finden", sagte ich.

„Ich wollte sowieso etwas ganz Spezielles. Altes Kulturgut beleben, Sagen, Märchen, Geister, die ganze Palette."

„Für Esoteriker?", fragte Maria.

„Zum Beispiel."

„Gibt es denn so viele Sagen und Märchen hier aus der Gegend?"

„Ja, da gibt es eine ganze Menge", sagte Maria, „wobei sich das von Dorf zu Dorf ein bisschen unterscheidet."

„Wie, jedes Dorf hat hier eigene Sagen?"

„Nein, aber eigene Bezeichnungen, eigene Bräuche. Nimm mal Frau Holle. Ihr kennt das Märchen der Gebrüder Grimm ja wohl noch?"

Sarah und ich schauten uns an. „Die macht doch den Schnee, indem sie die Kopfkissen ausschüttelt, oder?"

Ich nickte. Daran konnte ich mich auch entsinnen.

Maria lachte. „Ist schon komisch, ihr erinnert euch offensichtlich nur an das Lustige, Kuschelige. Das Märchen von Frau Holle ist eigentlich ziemlich grausam, wie alle Grimms Märchen."

Ich schaute in meinen Reader. Da hatte ich es. „Vielleicht sollte ich es mal vorlesen?"

„Eine kurze Zusammenfassung des Inhalts würde mir genügen", sagte Sarah.

„Bitte, mach es kurz", stimmte Jennifer ihr reichlich genervt zu.

„Wir kennen das Märchen von Frau Holle", sagt Hornbrille. Klar, denke ich und erspare den beiden Polizisten, was ich den Frauen erzählt habe.

Das Märchen von Frau Holle

Ich überflog das Märchen, das nicht sehr lang war. Tatsächlich hatte ich die grausamen Seiten des Inhalts völlig vergessen gehabt.

„Also“, sagte ich, „ein Mädchen wird von ihrer bösen Stiefmutter ausgenutzt. Es muss spinnen, bis die Spindel blutig ist. Als das Mädchen die Spindel im Brunnen waschen will, fällt die Spindel hinein. Die Stiefmutter zwingt das Mädchen, die verlorene Spindel aus dem Brunnen zu holen. Dabei betritt das Mädchen die Brunnenwelt, die sich auch über den Wolken befindet. Das Mädchen muss verschiedene Bewährungsproben absolvieren, zum Beispiel ein Brot vor dem Verbrennen aus dem Ofen retten oder einen Baum mit reifen Äpfeln schütteln. Das Mädchen erhört jede Bitte um Hilfe. Zuletzt triff es auf Frau Holle, die im Märchen eine alte Frau mit großen Zähnen ist.

Das Mädchen wird Frau Holles Dienstmagd und hat vor allem deren Betten auszuschütteln. Woraufhin es auf der Erde schneit. Das Mädchen hat es sehr gut bei Frau Holle, viel besser als bei ihrer Stiefmutter.

Allerdings bekommt die Kleine irgendwann Heimweh und bittet deshalb darum, in ihre Welt zurückkehren zu dürfen. Frau Holle überschüttet das Mädchen mit einem Regen aus Gold. Zu Hause wird sie vom Hahnenschrei begrüßt: ‚Kikeriki! Unsere goldene Jungfrau ist wieder hie!‘

Da wird die hässliche und faule Stiefschwester neidisch. Deshalb steigt sie ebenfalls in den Brunnen, versagt aber bei den Prüfungen und versieht auch ihren Dienst bei Frau Holle nicht richtig. Frau Holle entlässt das Mädchen und bestraft sie mit einem lebenslang an ihr haftenden Pechregen." Ich schaute hoch und lächelte Jennifer an.

„Und die Moral von der Geschicht?", fragte sie trotzig.

„Sei fleißig und mach dich nützlich. Sonst kommt Frau Holle dich bestrafen."

„Jetzt bin ich aber durcheinander", sagte Sarah. „War das nicht das Märchen von Goldmarie und Pechmarie?"

„Das ist das Gleiche. Und Frau Holle heißt auch überall anders. Mal Holle, mal Hulda, mal Perchta, mal Berchta", sagte Maria.

„Wieso gibt es eigentlich so unterschiedliche Namen?", fragte ich.

„Das geht wohl auf alte germanische Sagen zurück, die in den Regionen in unterschiedlichen Versionen erzählt werden."

„Also sanktioniert Frau Holle Fleiß und bestraft Faulheit", brachte Sarah es auf den Punkt.

„Statt mit Pech überschüttet zu werden kann die Bestrafung der Sage nach von einfachen Albträumen bis hin zum Aufschlitzen des Bauches reichen. Der Bauch des Opfers wird mancherorts noch mit Steinen gefüllt, um es in einem Brunnen zu versenken", las ich laut aus einem meiner Bücher vor.

„Igitt", sagte Jennifer. „Das ist ja krass!"

„Es gibt hier in Thüringen auch die Überlieferung, dass Frau Holle im Weißen Brunnen die noch ungeborenen Kinder hütet, bis deren Zeit der Geburt gekommen ist.

Sie soll auch die Seelen der ungetauft gestorbenen Kinder hüten“, ergänzte Maria.

Den Rest des Tages verbrachten wir lesend rund um die Öfen in der Küche und im Wohnzimmer, zumindest Sarah, Maria und ich. Jennifer lief wie angestochen durch die Räume, sie hatte wohl akute Entzugserscheinungen. Immer wieder schauten wir durch die kleinen, eisbedeckten Fenster, ob sich nicht mittlerweile eine gute Seele gefunden hatte, die unsere Straße vom Schnee befreite. Aber kein Schneepflug, kein Traktor, kein Streufahrzeug ließen sich blicken. Stattdessen schneite es unaufhörlich weiter, am frühen Nachmittag schaufelten wir den Weg zu dem hinteren Haus, zum Kaminholz und zu den Ställen frei.

„Dann haben wir später nicht so viel damit zu tun“, sagte Sarah.

Am frühen Abend bereiteten wir uns im Steinofen ein Festmahl zu: Lammkeule mit mitgebratenen Kartoffeln, Zwiebeln und Tomaten. Dazu machte uns Sarah grüne Bohnen. Das ganze Haus war erfüllt von einem köstlichen Knoblauchduft.

„Soll ja helfen, zumindest gegen Vampire.“

„Sie haben also am Weihnachtsmorgen festgestellt, dass Sie eingeschneit waren und die Straße nicht geräumt war“, fasst Apfelbäckchen zusammen.

„Das ist richtig.“ Habe ich das eben nicht ausführlich erläutert?

„Und Sie haben sich nicht eine Sekunde gefragt, ob das normal ist? Haben Sie sich nicht gewundert, dass der

Winterdienst Ihre Straße nicht freiräumte, obwohl doch einige Menschen im Dorf wussten, dass der Hof über Weihnachten bewohnt war?"

„Es war so. Was hilft es, über die Ursachen nachzudenken."

Reinhard macht eine Handbewegung, die in etwa besagt: schietegal, weiter! Nur die Handbewegungen wird man später nicht auf dem Mitschnitt des Verhörs sehen. „Nachdem Sie einen Gang im Hof freigelegt hatten, haben Sie außerdem festgestellt, dass es kein Benzin für das Notstromaggregat gab. Das Telefon funktionierte ohne Strom ebenfalls nicht, so dass Sie keine Hilfe rufen konnten", fasst Schröder zusammen. Das kann er gut, die Dinge auf einen Satz reduzieren.

„Exakt." Das ist das, was später von meinen ganzen Ausführungen im Protokoll übrig bleiben wird, schätze ich.

„Und das kam Ihnen nicht merkwürdig vor? Kein Strom, kein Benzin, die Straße nicht geräumt?", fragt Apfelbäckchen noch einmal.

„Das kam uns zunächst nicht merkwürdig vor, sondern wir dachten, dass das im Winter und zu Weihnachten hier in der Gegend vielleicht normal sei."

Reinhard und Schröder wechseln einen Blick, der wohl besagen soll: Die hält uns hier für Hinterwäldler. Vorsicht, Nico, du darfst nicht die Heimatgefühle der Menschen verletzen.

„Ist Ihnen nicht der Verdacht gekommen, dass das irgendwie manipuliert wurde?" Der Chef.

Ich will gerade fragen: Kann man Schnee manipulieren?

Aber ich beiße mir auf die Zunge. Von wegen Heimatgefühle und so.

„Na ja, die Sache mit dem fehlenden Benzin kam uns schon komisch vor. Das war schließlich die Aufgabe der Linnemanns. Dennis Illner hatte uns gewarnt. Nicht direkt, aber so in der Art: Seid ihr sicher, dass die Linnemanns Sarah hier haben wollen?“

„Sie dachten also bei dem fehlenden Benzin sofort an die Linnemanns.“

Dr. Misgelt legt wieder eine Hand auf meinen Arm. Achtung, heißt das. Ja, aber was soll ich sagen? Die Illners waren ja nicht zuständig für das Haus, sondern die Linnemanns.

„Ich habe Hunger“, sage ich. Das stimmt natürlich nicht. Aber ich brauche eine Pause. Und einen Anwalt, der mich kennt, der mir hilft. Wenn Maik doch endlich kommen würde.

Die beiden Polizisten brechen die Vernehmung ab. Sie lassen mich mit dem Coburger Anwalt allein. Er steht auf und geht ans Fenster, wählt eine Nummer auf seinem Handy. „Sind Sie unterwegs?“, fragt er. „Okay, die Adresse habe ich Ihnen gemailt. Sie wartet dann auf Sie.“

„Ihr Anwalt wird in einer halben Stunde hier sein. Ich werde mich jetzt verabschieden, ich habe noch einen Termin.“

Ich bedanke mich bei dem hageren Mann, an dem alles grau zu sein scheint. Er hat mir zumindest an einigen Stellen des Verhörs gezeigt, wann ich vorsichtig sein muss. Natürlich ist den Polizisten auch nicht entgangen, wann er mir Stillschweigen signalisiert hat.

Als Dr. Misgelt gegangen ist, verschränke ich die Arme auf dem Tisch und legte meinen schmerzenden Kopf hinein. Eigentlich schmerzen alle meine Glieder. Ich bin unendlich müde, aber ich weiß, dass ich sehr lange nicht werde schlafen können. So wie in der zweiten Weihnachtsnacht.

Die 2. Raunacht – 2. Weihnachtsfeiertag

Gemeinsam stiegen wir die steile und schmale Treppe hinauf, jede mit einer Laterne bewaffnet. Die Dunkelheit und die flackernden Schatten an der Wand irritierten uns. Ich behielt meinen Norwegerpullover an, als ich ins Bett ging. Nicht nur wegen der Kälte, sondern auch, weil ich so gut wie nichts sah und Angst hatte, dass irgendwelche Viecher über mich krabbeln würden. Die Schlafkammer war eiskalt, und das schwere Federbett schien noch schwerer geworden zu sein. Offensichtlich waren die Fenster nicht ganz dicht, so dass sich die Feuchtigkeit einnisten konnte. Ohne den Glühwein, den Sarah uns im Ofen gezaubert hatte, hätten wir vermutlich alle gar keinen Schlaf gefunden.

Wir hatten die Türen halb offen gelassen, damit die Wärme des Ofens sich im oberen Stockwerk verteilen konnte. Nach dem Hinlegen strömten die Bilder der vergangenen Tage auf mich ein und drehten sich in meinem Kopf wie ein Kinderkarussell, unterlegt von einer Leierkastenmusik, die mich vage an Rudolph The Red-Nosed Reindeer erinnerte.

Irgendwann musste ich dann doch eingeschlafen sein, denn ich wachte auf von einem Knacken oder Knarzen. War da jemand auf der Treppe? Es war dunkel wie in einem Sarg, das Federbett lastete wie ein Mühlstein auf meiner Brust. Ich lauschte in totale Finsternis.

Da! Was war das? Ich beugte mich aus meinem Bett so weit hinüber, dass ich durch die geöffnete Tür sehen konnte. Flackerte da nicht ein Lichtschein? Ich sank wieder zurück in das klumpige Kissen und schloss die Augen. Es war sicher nur eine der Frauen, die mal auf die Toilette musste. Auch kein Spaß, mitten in der Nacht und nicht ein winziger Schimmer Mond, der den Gang erhellte.

Ich lauschte zwar weiter angestrengt, aber es war nichts zu hören. Oder atmete da jemand? Wie laut Stille sein konnte. Ich drehte mich geräuschvoll auf die rechte Seite. *Werd nicht hysterisch*, *Nico*, sagte ich mir.

Da, da war es wieder. Ein leises Knarzen, so als ob jemand die Treppe hochschlich. Ich kannte dieses Geräusch von zu Hause, so hatte es sich angehört, wenn ich als Jugendliche viel zu spät in der Nacht nach Hause kam und verhindern wollte, dass meine Eltern es hörten. Sie hörten mich immer, wie ich viel später erfahren hatte.

Da war ganz eindeutig jemand auf der Treppe. Sollte ich eine Kerze anzünden? Ich tastete nach dem Feuerzeug auf meinem Nachttisch. Natürlich rutschte es mir über den Nachttischrand und fiel polternd zu Boden. Danach war es mucksmäuschenstill. Nichts rührte sich, kein Knarren, kein Knarzen, es knackte nicht und es ging auch nicht die Tür des Badezimmers. Ich hatte mich wohl geirrt.

Natürlich arbeitete so ein altes Haus, ich wollte gar nicht wissen, in wie vielen Balken hier die Würmer seit Generationen fröhliche Urstände feierten, das Dach ächzte unter der Last des Schnees, die Fensterrahmen dehnten sich in der feuchten Kälte. Und wahrscheinlich gab es hier überall Mäuse, wenn nicht sogar Ratten. Das alles machte natürlich Geräusche. Ich schloss die Augen und versuchte, wieder einzuschlafen. Das musste mir sogar gelungen sein. Denn ein spitzer Schrei riss mich aus dem Tiefschlaf.

In Sekunden war ich aus dem Bett und tastete auf dem Nachttisch nach dem Feuerzeug, bis mir einfiel, dass es heruntergerutscht war. Mit nackten Füßen ortete ich es auf den Holzdielen. Gleichzeitig rief ich in die Dunkelheit: „Hallo, wer hat geschrien, ist alles in Ordnung?"

„Hilfe!" Das war eindeutig ein Hilferuf. Und der Hilferuf kam von nebenan, wo Jennifer schlief. Ich entflammte das Feuerzeug, schlüpfte in meine Filzpantoffeln und entzündete die Laterne.

„Was ist los?", fragte ich laut.

„Hilfe, hier ist jemand!", rief Jennifer.

Ich nahm die Laterne und leuchtete in die Diele. Sie war leer. Auch in Jennifers Zimmer war niemand.

„Pst, du hast geträumt, hier ist niemand", sagte ich zu ihr und leuchtete mit der Laterne auf ihr Bett. Sie hatte sich das Federbett bis zur Nase hochgezogen, ihre Augen waren schreckgeweitet.

„Doch, hier war jemand. Nico, ich habe Angst, mich hat jemand angefasst", flüsterte sie.

Sarah trat mit ihrer Laterne in Jennys Zimmer. „Was ist denn hier los?"

„Jennifer hat wohl schlecht geträumt", sagte ich.

„Ich habe nicht geträumt, ich habe überhaupt nicht geschlafen. Wer kann denn schlafen in so einem Geisterhaus. Es war jemand in diesem Zimmer, das schwöre ich, so wahr mir Gott helfe." Jennifer hatte schon immer Sinn für Dramatik.

„Und wo soll derjenige jetzt geblieben sein?", fragte Sarah.

„Was weiß ich, guckt doch einfach mal nach!"

„Spinnst du, du weckst hier alle mitten in der Nacht und erwartest jetzt von uns, dass wir das Haus in der Dunkelheit nach einem imaginären Besucher absuchen? Wir legen uns jetzt wieder hin. Hier kommt im Moment niemand her, denn, falls es dir entfallen sein sollte, die Straße ist immer noch nicht geräumt. Gute Nacht." Sarah war ziemlich sauer.

Wir gingen zurück in die Diele. Sarah schaute mich an und schielte. Ich schielte zurück. Das hatten wir schon als Kinder gemacht. „Schlaf gut, Nico."

Als ich wieder in meinem Bett lag, konnte ich nicht wieder einschlafen. Ich dachte über Sarah nach, über ihre Mutter und ihre Schwester, über die Familie Illner und die neuen Entwicklungen. In den anderen Räumen war es jetzt wieder mucksmäuschenstill, nur ich wälzte mich von einer Seite auf die andere. Wie spät war es eigentlich? Ich tastete erneut nach dem Feuerzeug, das wieder auf seinem Platz auf dem Nachttisch lag, und schaute auf meine Armbanduhr. Vier Uhr morgens. Für mich die Geisterstunde. Wenn ich wach wurde, dann immer um vier Uhr, wenn mich alle Geister der Vergangenheit heimsuchten. So früh am Morgen fielen mir die schlimmsten seelischen Verletzungen ein, die man mir zugefügt hatte, all die Beleidigungen unter der Gürtellinie, die ich in meinem Leben hatte einstecken müssen, dann quälten mich die Gedanken an die verflossenen Liebhaber, und ich fragte mich, warum sie verflossen waren, was an mir falsch war, warum alle anderen einen festen Partner hatten oder sogar bereits Kinder und ich offensichtlich die Einzige war, die keinen abzukriegen schien. Jedenfalls nicht auf Dauer. Dann krachte es.

Ich schoss wie der Blitz im Bett hoch, noch hatte ich das Feuerzeug in der Hand. Ohne mir Schuhe anzuziehen und ohne die Laterne anzuzünden huschte ich in die Diele, wo ich fast mit Sarah zusammengeprallt wäre.

„Was war das?“, fragte ich.

„Keine Ahnung!“ Sie rief die Treppe hinunter: „Hallo, ist da jemand?“

Natürlich bekam sie keine Antwort. Was hatte sie erwartet? Aus Jennifers Zimmer drangen klägliche Laute. Ich entzündete einige Kerzen in der Diele und ging mit einer davon in Jennys Zimmer.

„Ich habe doch gesagt, da ist jemand“, jammerte sie. Sie hatte sich in eine Ecke ihres Bettes gekauert.

„Sei nicht albern, Jennifer.“ Ich hörte, wie Sarah die Treppe hinunterstieg. Mit meiner Kerze ging ich in Marias Zimmer. Sie lag im Bett und blinzelte mich an. „Was ist los?“

„Da war ein lautes Krachen. Ist alles okay bei dir?“

„Kinder, werdet nicht hysterisch. In so einem alten Haus gibt es unendlich viele Dinge, die Geräusche machen. Schlaft weiter!“ Maria war wie immer pragmatisch. Das mochte ich an ihr.

„Bis morgen“, sagte ich und trat in die Diele. Sarah war offensichtlich in die Küche gegangen, sollte ich ihr folgen? Ich holte die Laterne aus meiner Schlafkammer und stieg in die Filzlatschen, denn meine nackten Füße waren kurz vor dem Gefrierbrand durch den eiskalten Boden. Ich stieg die Treppe hinunter und ging in die Küche, wo Sarah gerade Holzscheite nachlegte.

„Ist ein bisschen unheimlich heute Nacht“, sagte ich.

Sarah ächzte.

„Kann ich dir helfen?“

„Ich glaube, ich habe mir einen Hexenschuss geholt.“ Nur mit großer Mühe kam sie wieder hoch.

„Kein Wunder, es ist eiskalt. Deshalb kracht es wohl auch so unheimlich im Gebälk.“

Sarah ließ sich auf einen der Stühle sinken.

„Ich weiß nicht. Zugegeben, Jenny neigt zur Hysterie, aber guck mal, was ich gefunden haben.“ Sie zog etwas aus der Tasche ihres dicken Bademantels, in den sie sich gehüllt hatte, und reichte es mir.

„Iiih!“ Vor Schreck ließ ich das Ding aus der Hand fallen. Es sah aus wie ein Rest des künstlichen Mäuschens, mit dem unsere Katze zu Hause am liebsten „Mörder“ gespielt hatte. „Wo hast du das gefunden?“

„Hier in der Küche, auf dem Boden.“

„Eine Maus oder eine Ratte scheidet aus“, stellte ich fest, nachdem ich das Ding von allen Seiten befingert hatte. „Das ist ein Stück altes Fell, Meerschweinchen oder Kaninchen.“

„Wir haben Kaninchen“, sagte sie.

„Ach, ehrlich, wo?“

„Direkt an der Hauswand, neben dem großen Tor zum Hof.“

„Erfrieren die jetzt nicht?"

„Nö, aber ich muss die morgen füttern", sagte Sarah.

„Vielleicht ist das Stück Fell von einem Kaninchen, das vor langer Zeit einmal hier in der Küche zubereitet wurde?"

„Wird wohl so sein", sagte Sarah. „Ich brauche jetzt Aspirin, mein Schädel platzt gleich."

„Schmeißt du eine Lage?", fragte ich.

Wir nahmen jeder eine mit dem eiskalten Wasser, das aus der Leitung kam, und gingen zurück ins Bett.

Eine Polizistin bringt mir ein Tablett mit einem Teller und einer Tasse Tee. Sie haben das wohl aus der Kantine geholt. Auf dem Teller liegen Kartoffelpüree und Möhrengemüse, dazu gibt es Hackbraten, der in einer dicklichen Sauce schwimmt. Ob ich essen kann? „Danke", sage ich. Als die Frau gegangen ist, versuche ich wenigstens einen Bissen von dem Kartoffelbrei mit Möhren zu nehmen. Aber ich würge bereits, bevor ich die erste Gabel heruntergeschluckt habe. Schnell spüle ich mit Tee nach. Er ist lauwarm und sauer. Hagebutte. Mal sehen, was mein Magen dazu meint. Einstweilen lasse ich den zweiten Weihnachtsfeiertag Revue passieren.

Am Morgen des zweiten Weihnachtsfeiertages saßen wir schweigend am Frühstückstisch. Jennifer hatte tiefe Schatten unter den Augen. „Ich bin froh, wenn ich dieses Horrorhaus verlassen kann", sagte sie.

Eigentlich wollten Maria und Jennifer am kommenden Tag abreisen, aber so, wie es aussah, würden sie hier nicht wegkommen.

„Things get rough“, sagte Sarah.

„Ja“, meinte Maria, „deshalb heißen sie ja auch Raunächte.“

„Was ist das denn?“, fragte Jennifer.

„Noch nie gehört?“ Maria war erstaunt. Sarah schüttelte den Kopf.

„So nennt man die zwölf Nächte zwischen den Jahren“, erklärte Maria, „also zwischen dem fünfundzwanzigsten Dezember und dem sechsten Januar. In dieser Zeit kommt man der Überlieferung nach der Anderswelt am nächsten.“

„Was soll das denn heißen, Anderswelt?“, fragte Jennifer.

Endlich konnte ich das, was ich am Vortag über Mythen und Gebräuche in Thüringen gelesen hatte, einbringen: „Vermutlich liegt das im germanischen Mondkalender begründet. Damals hatte das Jahr 354 Tage. Es fehlten zu unserem heutigen Sonnenkalender also zwölf Tage. Die elf fehlenden Tage, beziehungsweise zwölf Nächte, werden als tote Tage, sozusagen ‚außerhalb der Zeit‘ eingeschoben. In vielen Mythologien wird deshalb angenommen, dass die Gesetze der Natur in dieser Zeit außer Kraft gesetzt sind und die Grenzen zu anderen Welten fallen. Das heißt, dass das Diesseits und das Jenseits sich in diesen Nächten besonders nahe kommen.“

„Was für ein Unsinn“, sagte Jennifer. „Und wieso Raunacht?“

„Man weiß nicht so genau, ob sich das Wort Raunacht, das man im Übrigen mal mit h und mal ohne schreibt, vom mittelhochdeutschen ‚rûch‘ herleitet, was so viel wie haarig oder wild bedeutet, oder von Rauch kommt, weil man in dieser Zeit das Haus und die Ställe räucherte.“

„Ach, nennt man deshalb Pelze beim Kürschner auch Rauchware?", fragte Sarah.

„Der Kandidat hat neunundneunzig Punkte." Ich nickte.

Jennifer wirkte sehr nachdenklich. „Ich bin immer noch bei der Anderswelt, was soll das denn heißen? Spukt es da, so wie heute Nacht bei uns?"

Sarah und ich wechselten einen Blick.

„Jenny", sagte Maria, „früher war das auf dem Land überall so, wie wir es heute hier erleben. Man war eingeschneit, die Bauern hatten nichts zu tun auf den Feldern, das Vieh wurde zum größten Teil im Haus gehalten, damit man es schneller versorgen konnte und die Wärme der Tiere auch an das Haus abgegeben wurde. Also saß man genauso wie wir jetzt in der Küche nahe beim Ofen, und die Alten erzählten Geschichten. Außerdem wurden die ‚zwölf heiligen Nächte' oder ‚die Zwölften', wie sie auch genannt wurden, zum Orakeln genutzt."

„Knochenwerfen?", fragte Jennifer.

„Alles, Kaffeesatzlesen, Tarotkarten, jeder, wie er wollte. Der Brauch hat sich bis heute gehalten, in vielen Haushalten wird ja heute noch zu Silvester Bleigießen veranstaltet", erklärte Maria.

Jetzt war ich wieder an der Reihe mit meinem frisch angelesenem Wissen: „Die zwölf heiligen Nächte, also die Raunächte, symbolisieren auch die zwölf Monate des folgenden Jahres. Wer in jenen Nächten zu einer Wegkreuzung geht und auf die Zeichen der Natur achtet, kann Ereignisse deuten. Wie das Wetter in der jeweiligen Nacht ist, so ist es auch in dem zugeordneten Monat. Was man in diesen Nächten träumt, wird in den dazugehörigen Monaten des folgenden Jahres passieren. Was du vor Mitternacht träumst, wird in der ersten Hälfte des Monats eintreffen, was danach geträumt wird, in der zweiten Hälfte."

„Halt mal, langsam, damit ich mitkomme. Also, wir haben jetzt die zweite Raunacht hinter uns, richtig?", fragte Jennifer.

„Ja", bestätigte Maria, „und auch der Tag gilt hier zur Raunacht dazugehörig."

„Also symbolisierte die letzte Nacht den Monat Februar."

Sarah und ich nickten.

„Auf gut Deutsch: Scheißwetter, Schnee, den ganzen Monat."

Wir nickten wieder.

Ausräuchern

Jennifer schluckte. „Ich hatte schreckliche Albträume, im Übrigen gestern schon. Da habe ich von einem See geträumt, der voller Blut war. Und heute Nacht hab ich gehört, wie jemand in mein Zimmer kam, der mich berührt hat, und dann hab ich ein Monster in der Ecke stehen sehen. Als ich endlich eingeschlafen war, habe ich wieder ganz schrecklich geträumt."

„Vor oder nach Mitternacht?", fragte Sarah.

„Vor Mitternacht, schätze ich. Was will mir mein Traum sagen? Dass ich einem Monster begegnen werde, das mich in einen See aus Blut stürzen wird – und das bis zum fünfzehnten Januar? Och kommt, nö, das ist mir zu blöd!"

„Ist auf jeden Fall ungefähr das, was mir hier vorschwebte als Action", sagte Sarah. „Ich finde das echt spannend. Muss ja nicht gleich ein See aus Blut sein. Vielleicht sollten wir auch das Haus ausräuchern, um die bösen Geister zu vertreiben, was meint ihr?"

„Was für eine lustige Idee", sagte ich. „Was hast du denn zum Räuchern? Nach meinen Informationen kann man Weihrauch, Salbei, Lorbeer, Thymian, Wacholder, Kampfer und Drachenblut nehmen."

„Kampfer und Weihrauch sind aus, und auch mit Drachenblut bin ich ein wenig knapp. Aber alles andere sollte an Bord sein. Fehlt uns nur noch ein passendes Gefäß." Sarah sah mich unternehmungslustig an.

Maria lächelte. „Du hast doch diese hübsche Gerätekammer, in der das ganze alte Gerümpel steht. Ich geh mal gucken, da ist bestimmt noch ein altes Räuchergefäß."

Ich wunderte mich, wie die drei Frauen sich offensichtlich bemüßigt fühlten, das Thema von Heiligabend nach wie vor weiträumig zu umschiffen. Jeder, wie er es braucht, dachte ich mir. Vielleicht musste jede das erst einmal für sich selbst verarbeiten.

Nach einer Viertelstunde kam Maria zurück: „Das ist ja wie im Museum da drin, ich habe sogar zwei Räuchergefäße gefunden!"

Ich hätte nicht mal gewusst, wie so ein Ding aussieht. Letztlich war es nichts anderes als ein Kelch.

Währenddessen hatte Sarah die Gewürzkiste inspiziert. „Lorbeer, Thymian und Salbei, was wollt ihr?", fragte sie.

„Dabei haben wir doch schon gestern mit Knoblauch

ausgeräuchert", fand ich. „Nimm Salbei, das klingt so gesund."

Maria befüllte das Gefäß mit Salbei, dann entzündeten wir es, was dazu führte, dass wir alle nach zwei Minuten einen Hustenanfall hatten.

„Boah, das stinkt vielleicht!", rief Jennifer.

„Los, wir gehen damit jetzt durchs Haus, müssen wir dabei irgendwas murmeln oder singen oder so?"

Maria und ich guckten uns an und zuckten die Schultern. „Keine Ahnung."

Schon hörte der Salbei auf zu rauchen. „Das geht aber schnell. Ich glaube, wir brauchen mehr", stellte ich fest.

„Einen kleinen Rest sollten wir noch zum Kochen aufbewahren", sagte Sarah. „Ich nehme lieber Thymian, davon gibt es viel mehr, weil ich einige getrocknete Büschel in der Dachkammer gefunden habe."

Also gingen wir schweigend im Gänsemarsch hinter Sarah her, die den Rauch über dem Gefäß in alle Richtungen blies, so dass der Kräutergestank das ganze Haus erfasste. Oben in der Diele kamen wir auf die Idee, den Rauch mit einem Fichtenzweig zu verteilen, was sehr viel effektiver war.

Als wir hustend und kichernd wieder in der Küche eintrafen, hatten wir alle das Bedürfnis nach frischer Luft. „Wir sollten später den Hof wieder freischippen, dabei lüften wir die Lungen aus."

Auch an diesem Nachmittag blieb uns nichts anderes übrig als zu lesen, Dresdner Christstollen und Sarahs selbstgebackene Kekse zu futtern. Später gestand sie, dass nicht sie, sondern Frau Linnemann die Plätzchen gebacken hatte.

Wir entzündeten die Kerzen am Weihnachtsbaum und die Adventskränze, und Sarah kochte uns allen einen Tee Marke „Weihnachtsmischung". Der strenge Kräutergeruch schien überall im Haus zu hängen.

Als sich der Schneesturm endlich etwas gelegt hatte, waren wir alle froh über Marias Vorschlag, im Hof den Gang vom Vortag freizuschippen, damit er nicht wieder total zugeschneit wurde. Danach hatten wir Hunger und bereiteten uns zwei Hühner im Tontopf zu, den Maria in den Steinofen schob.

„Linsen und Bohnen sollte man dazu essen, das verspricht Glück und Reichtum im neuen Jahr."

„Die guten ins Töpfchen, die schlechten ins Tröpfchen", ergänzte ich. Wir waren bereits gefangen in der Welt der Märchen und Sagen.

Nach dem Essen orakelten wir ein bisschen. Maria brachte uns bei, wie man Kaffeesatz liest. Das war eine furchtbare Schweinerei, aber mit ein paar Gläschen Weißwein, den wir draußen im Schnee gekühlt hatten, und einigen Obstbränden obendrauf, die Sarah aus der Kammer gezaubert hatte, machte das richtig Spaß. Wir stritten über die Bedeutung der Muster, konnten uns auf kein klares Bild einigen.

Die vielen Kerzen flackerten und bleckten, sie zauberten Schatten an die Wand, und der Ofen bullerte gemütlich vor sich hin. Maria war auf die Idee gekommen, im Ofen ein paar Äpfel zu braten, die sie mit Rosinen und Zucker gefüllt hatte. Es duftete himmlisch. An diesem Abend bekamen wir alle eine erste Ahnung davon, wie das Leben im Winter in so einem Haus früher ausgesehen hatte. Kalt, dunkel, hart, vielleicht sogar unheimlich, von der Außenwelt abgeschieden. Aber es konnte auch sehr gemütlich sein, wenn alle rund um den Ofen saßen und einander Geschichten erzählten oder versuchten, in die Zukunft zu blicken. Damit hatten sich schon vor Hunderten von Jahren die Bauern in den Raunächten die Zeit vertrieben.

Maik

Plötzlich steht er im Raum. Maik. Mein Anwalt. Mein verflossener Lover. Dr. Maik Schöning aus Berlin-Pankow. Mit zwei Schritten ist er bei mir, streicht mir beruhigend über den Kopf. „Was machst du denn für Sachen, Nicoschka?"

Ich stehe auf und falle ihm um den Hals. Der Stuhl, auf dem ich gesessen habe, fällt polternd um. Meine Selbstkontrolle ist plötzlich dahin. Ich zittere und weine und stammele: „Maik, oh Gott, danke, Maik, danke, danke, danke, dass du da bist."

Er hält mich im Arm und streicht mir beruhigend über den Rücken. Wie gut ich mich an seinen Geruch erinnere.

„Ist ja gut, Nicoschka, es wird alles gut, ich bin jetzt bei dir", sagt er mit dieser Samt-Stimme, die ich so sexy gefunden habe. Er ist der einzige Mensch, der mich je Nicoschka genannt hat. Es klang immer wie eine zärtliche Umarmung.

Mir versagen die Knie. Maik lässt mich auf dem Stuhl zusammensacken.

„Hey, du bist ja komplett von der Rolle. Kannst du mir sagen, was genau passiert ist und wessen man dich beschuldigt?"

Ich schluchze und stammele Unverständliches.

Maik legt mir eine Hand auf die Stirn. „Du gehörst eindeutig in die Hand eines Arztes. Sind die denn total verrückt geworden? Du hast kalten Schweiß auf der Stirn. Das sieht doch jeder Idiot, dass du unter Schock stehst“, sagt er. „Bleib, wo du bist, ich bin gleich wieder da!“

Ich halte ihn fest. „Bitte, geh nicht“, flehe ich.

„Ich bin gleich wieder da, versprochen, Nicoschka.“

Kaum hat er den Raum verlassen, wird das Sausen in meinen Ohren immer lauter, und mir wird schwarz vor Augen. Ich kippe vom Stuhl.

Und so bekomme ich endlich eine Pause. Zum Nachdenken. Zum Rekapitulieren. Was geschah wann. Wo. Und warum. Zur Beratung mit meinem Anwalt.

Schröder und Reinhard sind sauer. Ihre Zeugenvernehmung muss warten.

In der Zentralklinik in Suhl werde ich untersucht, in warme Decken gewickelt, sie spritzen mir ein Beruhigungsmittel und packen mich in ein Bett.

„Akute Belastungsstörung und Unterkühlung“, lautet die Diagnose. Maik setzt sich neben mein Bett und nimmt meine Hand. Ich bin so müde, so schrecklich müde.

„Ich habe seit Tagen kaum geschlafen, jedenfalls nicht richtig. Genau genommen seit der dritten Raunacht nicht. Es sei denn, ich war alkoholisiert.“

„Raunacht?“, fragt Maik. „Komm, erzähl mir davon.“

Ich gebe ihm eine kurze Zusammenfassung von dem, was ich den Polizisten bereits erzählt habe, und komme schnell zur dritten Raunacht.

Die 3. Raunacht

Als wir früh zu Bett gingen, waren wir in einer albernen, ausgelassenen Stimmung. Zugegeben, so ganz nüchtern war keine von uns, und das war auch gut so. Denn in unseren Schlafkammern warteten die Kälte und die klammen Federbetten auf uns. Ich behielt meinen Norwegerpullover an, es interessierte mich inzwischen nicht mehr, ob ich anfing zu müffeln. Es war schon so mancher erfroren, aber noch niemand erstunken, befand ich und ging ins Bett.

Ich weiß nicht, wie lange ich geschlafen hatte, als ich von etwas geweckt wurde. Es war, als hätte mich jemand gestreichelt. Ich blinzelte in die totale Dunkelheit, konnte aber nichts erkennen. Also wischte ich mir mit dem Arm übers Gesicht und schrie. Ich schrie so laut ich konnte, weil ich sonst nichts tun konnte. Wie erstarrt lag ich da, mir standen die Haare zu Berge, ich hatte in etwas Warmes, Weiches gefasst. Was war das, wer war da? Sarah war als Erste in meinem Zimmer. Mit vorgehaltener Kerze fragte sie: „Nico, alles okay, was ist?"

Ich lag zitternd in meinem Bett, unfähig, mich zu rühren.

„Da war was", flüsterte ich. „Hier ist jemand!"

Sarah leuchtete in die Dunkelheit, die Kammer war außer uns beiden leer. Jetzt kam auch Maria dazu.

Jennifer rief aus ihrem Zimmer: „Was ist los? Hilfe!"

Maria drehte sich um und ging zu Jennifer. „Schlaf weiter, Liebes, Nico hat schlecht geträumt."

Hatte ich geträumt? Hatten sich die Geschichten, die wir erzählt hatten, mit dem, was mir Sarah gestern Nacht gezeigt hatte, zu einem Albtraum verdichtet? Wahrscheinlich. *Entspann dich*, Nico, sagte ich mir, aber die Gänsehaut auf meinen Armen wollte nicht verschwinden, sogar meine Fußsohlen kribbelten.

„Ich werde wohl geträumt haben", sagte ich entschuldigend. Allerdings konnte ich mich an keinen Traum erinnern, nur daran, dass mich wohl jemand berührt hatte, nein, gestreichelt, und dass ich, als ich mir über das Gesicht gestrichen hatte, in etwas Warmes, Weiches gefasst hatte. So wie das Stück Fell, das Sarah mir gestern Nacht gezeigt hatte. Und nein, ich spinne nicht. Ich doch nicht.

Es half nichts, ich musste alle zurück in ihre Betten schicken. Als sie gegangen waren, konnte ich nicht mehr einschlafen. Ich lag wie versteinert in meinem Bett und gruselte mich wie ein Kind mit Fieber, wenn schwarze Männer aus dem Schrank zu schlüpfen scheinen. Ich suchte nach meinem Feuerzeug und entzündete die Kerze in meiner Laterne. Wie man das mit Kindern eben so macht, man stellt ihnen ein Nachtlicht hin. Und dann sah ich es. Es lag direkt neben meinem Bett: ein Stück Fell.

Die Gedanken verschwimmen, offensichtlich wirkt das Beruhigungsmittel, die letzten Sätze kommen schleppend, ich merke selbst, wie meine Zunge immer schwerer wird.

Maik hält die ganze Zeit meine Hand. Ich hoffe, dass er sie nie wieder loslässt. Warum haben wir uns gleich noch mal getrennt? Ich habe Mühe, die Augen offen zu halten. „Schlaf, Nicoschka, schlaf, ich bleibe bei dir“, sagt er.

Zentralklinik Suhl

Ich schrecke hoch und schreie. Wo bin ich? Ich schaue in braune Augen. Maik? Mit einem Schlag ist alles wieder da. Das Grauen. Das Blut, die Polizisten, das Krankenhaus. Ich bin nassgeschwitzt, aber ich habe immerhin geschlafen. Oder? Wie lange habe ich geschlafen? „Wie spät ist es, Maik?"

„Zeit fürs Frühstück." Auf seinem Kinn liegt ein blauer Schatten.

„Du warst hier, die ganze Nacht?", frage ich.

Er nickt.

„Danke", flüstere ich.

Maik sagt den Schwestern Bescheid, dass ich wach bin. Sie wollen Fieber messen, meinen Blutdruck kontrollieren. Na bitte, sollen sie. Achtunddreißig fünf. Der Blutdruck ist im Keller. Kein Wunder. Mein Hals schmerzt. Der heiße Kaffee, den sie mir bringen, hilft gegen den wunden Hals. Ich schaue auf die blasse Scheibe Brot, das sie mir zusammen mit einem Stück Margarine und Marmelade gebracht haben.

„Du musst etwas essen, Nicoschka", sagt Maik.

„Und du?"

„Ich hole mir nachher was aus der Kantine."

Ich gebe ihm die Hälfte meines Frühstücks ab.

„Magst du weitererzählen?", fragt Maik.

„Wo war ich stehen geblieben?"

„Du hast ein Stück Fell neben deinem Bett gefunden."

Die 4. Raunacht

Am nächsten Morgen stieg ich als Erste in die Küche hinunter und legte Holz und Kohlen nach. Maria hatte uns beigebracht, wie man das Feuer am Brennen hielt, und so konnte ich das ohne Hilfe bewerkstelligen. Ich setzte Wasser auf, um Kaffee zu kochen.

An Schlaf war in der letzten Nacht nicht mehr zu denken gewesen. In meiner Schlafkammer hatte sich zwar niemand blicken lassen, dafür hatte ich die ganze Nacht Geräusche gehört, als würde ein Geist durchs Haus wandern. Ich schalt mich zwar selbst eine hysterische Kuh, aber es war wirklich unheimlich gewesen.

Als die anderen herunterkamen, hatte ich bereits das Frühstück auf den Tisch gestellt. Wir hatten nicht mehr viel Brot und nur noch wenig Aufschnitt. Marmelade und Nutella waren noch genug da. Wenn die Straße nicht bald geräumt werden würde, würden wir uns etwas einfallen lassen müssen. Einstweilen konnten wir uns von Dresdner Christstollen ernähren, Frau Linnemanns Plätzchen hatten wir alle verputzt.

Ich vermied es, über die vergangene Nacht zu sprechen. Aber natürlich wollte Jennifer wissen, was ich geträumt hatte.

Ich sagte, ich könne mich nicht erinnern, was nicht gelogen war.

„Also passiert nichts im März, denn die dritte Raunacht

steht ja für März, wenn ich mich recht entsinne", schloss sie daraus. „Und warum hast du geschrien?"

Was sollte ich antworten? Sollte ich ihnen Angst machen oder lieber meinen Fund verschweigen? Ich entschloss mich zum Schweigen. Vielleicht würde ich das Stück Fell später Sarah zeigen.

„Das hört ja überhaupt nicht mehr auf zu schneien", versuchte ich das Thema zu wechseln.

„Dieser Sturm macht mich wahnsinnig", sagte Sarah.

„Wisst ihr, warum es stürmt?", fragte Maria.

Wir schauten sie fragend an.

„Das Gerassel ist ein Geisterzug. Hört ihr es nicht, das Schreien und Johlen, das Heulen und Jammern, das Ächzen und Stöhnen? Das ist die Wilde Jagd."

Sarah lachte laut. „Mama, jetzt machst du uns Angst mit deinen Geistergeschichten!"

„Der Sage nach besteht das Heer der Wilden Jagd aus den Seelen der Menschen, die vor ihrer Zeit gestorben sind. In den Raunächten ziehen sie übers Land, und die Frauen sollen die Wäsche hereinholen, damit die Wilde Jagd sich nicht in den Wäscheleinen verfängt. Außerdem darf keine weiße Wäsche aufgehängt werden. Wenn die Wilde Jagd das sieht, wird daraus ein Leichentuch, und es wird im kommenden Jahr einen Toten auf dem Hof geben. Außerdem muss das Haus an diesen Tagen aufgeräumt sein, die Schulden bezahlt, und niemand darf spinnen."

„Wir spinnen aber wie die Weltmeister gerade", sagte Sarah.

Ich schaltete mich ein. „Das ist überlieferter Aberglauben, den man in vielen Teilen der Welt kennt. Odin, der Göttervater, der auch als der Kriegs- und Totengott gilt, in Richard Wagners Ring der Nibelungen ist es Wotan, und hier ist es eben die Wilde Jagd, die in den Zwölfen den Menschen erscheint. In einigen Gegenden wird die Wilde Jagd von Frau Holle begleitet oder sogar angeführt. Ihr entsinnt euch: Goldmarie und Pechmarie."

„Die ollen Grimms haben aber ganz schön geklaut", sagte Sarah.

„Klar, glaubst du, dass Plagiate eine Erfindung der Neuzeit sind? Die Wilde Jagd gibt es in vielen Ländern, auch der Glaube an Werwölfe geht auf die Zwölf Nächte und die Wild Jagd zurück. Das sind uralte Überlieferungen heidnischer germanischer Bräuche. Daraus haben sich viele bedient, unter anderem das Christentum. Auch Shakespeare hat das Thema aufgegriffen. Sein Stück ‚Was ihr wollt' heißt auf Englisch ‚Twelfth Night', darin geht es um die damals schon beliebten Maskenspiele am Dreikönigstag, und auch Carl Maria von Weber ließ im Freischütz die Wilde Jagd auftreten. Apropos Weihnachtsmann: Denkt auch mal an den *Coca-Cola*-Weihnachtsmann mit dem Schlitten."

„Kommt daher mein Lieblings-Weihnachtslied *The Twelfth Day of Christmas*?", fragte Sarah.

Die Frage hatte ich mir auch schon gestellt. „Oder Knecht Ruprecht. Steckt da nicht auch das Wort Precht drin? Alles Zufall?"

„Hat man nicht auch der Wilden Jagd Opfer dargebracht?", fragte Sarah.

„In einigen Gegenden wird Heiligabend der Tisch für

die Wilde Jagd gedeckt. In anderen Gebieten stellt man Essen vor die Tür“, bestätigte Maria.

Obwohl ich die merkwürdige Situation zwischendurch sogar ein wenig genossen hatte, wurde ich langsam unruhig. Das beständige Brausen des Windes schien plötzlich eine unheimliche Bedeutung zu bekommen. Natürlich war ich nicht abergläubisch, aber die Frage, was ich da mitten in der Nacht gegriffen hatte, lag mir wie ein glühendes Eisen auf der Seele.

Wir begannen uns zu langweilen. Niemand von uns war es gewohnt, länger als ein paar Stunden ohne Fernseher, ohne Radio, ohne Telefon oder Internet zu sein. Die völlige Abgeschiedenheit von der realen Welt und das Fehlen von Licht legte sich auf unsere Stimmung, was sich in der zunehmenden Aggressivität in einigen Bemerkungen niederschlug.

„Wenn ich nicht bald eine Dusche kriege, flippe ich aus“, sagte Jennifer.

„Ich rieche schon wie ein Skunk“, gab ich ihr recht. „Dass die das früher nicht gerochen haben, da wurde nur ein Mal in der Woche gebadet.“

„Wir könnten doch auch baden, oder? Gibt es hier nicht so einen Wassertrog, in den man heißes Wasser einfüllen kann?“ Eigentlich war es mir egal, wie ich roch, Hauptsache, wir hatten etwas zu tun.

Sarah schüttelte den Kopf. „Wie stellst du dir das vor, wir machen jeweils zehn Kannen Wasser heiß, schleppen die quer durchs Haus, und dann steigen wir alle ins selbe Wasser? Igitt!“

„Die Wasserwanne wurde neben dem Steinofen aufgestellt“, sagte Maria. Hatte sie solche Zeiten etwa selbst erlebt?

„Ja, und wie kriegen wir die volle Wanne dann wieder aus der Küche raus? Die blockiert uns doch den Steinofen!“ Sarah schüttelte den Kopf.

„Und wenn wir die Wasserwanne im Wohnzimmer aufstellen, neben dem Ofen? Das Wasser muss ja nur heiß sein und nicht kochen“, machte ich noch mal einen Versuch.

„Mehr als zwei Kannen kriegst du nicht in die Röhre des Ofens. Das dauert Stunden, bis du so einen Wassertrog voll mit heißem Wasser hast.“

Ich merkte, wie uns die praktische Problemlösung ein wenig von unserer Langeweile nahm. Deshalb schlug ich vor, erneut den Gang über den Hof freizuschaufeln, wenn sich der Sturm gelegt hatte.

In meinem Reader fand ich dann noch etwas Lustiges, womit wir uns die Stunden nach Einbruch der Dunkelheit vertrieben. Die zwölf Nächte, so stand dort geschrieben, sollten auch dazu dienen, das alte Jahr und all seine Sorgen loszulassen. Wir setzten uns also an den Küchentisch, und jede nahm dreizehn Zettel. Auf jeden Zettel schrieben wir etwas auf, das uns bedrückte, ein Problem, einen unerfüllten Wunsch, einen Vorsatz. Bei mir stand zum Beispiel: „Sarah dazu bringen, in Berlin zu bleiben.“ Oder: „Einen Mann finden, der mich so liebt, wie ich bin.“ Die Zettel falteten wir, vermischten die eigenen und nahmen von den jeweils dreizehn Zetteln zwölf und warfen sie in den Ofen ins Feuer.

„Wir überlassen uns ganz dem Feuer“, sagte Maria feierlich. Nun hatte jede noch einen Zettel auf dem Tisch liegen.

„Dieser eine Zettel zeigt uns jetzt, worum wir uns im kommenden Jahr selbst kümmern müssen“, erklärte sie uns. Auf meinem Zettel stand: „Gehaltserhöhung fordern.“ Na klar, das konnten die Geister nicht für mich übernehmen.

„Esoteriker aller Länder vereinigt euch“, sagt Maik. „Ihr habt ja alle Register gezogen!“

„Was blieb uns anderes übrig, uns war langweilig. Und das war ja auch der Sinn und Zweck meines Besuchs bei Sarah: alte Traditionen, Märchen und Sagen auszugraben und zu schauen, ob man die nicht irgendwie in ein Konzept für ein Retrohotel verarbeiten könnte.“

„Ich hoffe für dich, dass der Zauber wirkt.“

Das hoffe ich auch, denke ich.

„Habt ihr eigentlich nicht daran gedacht, die Betten nach unten in die gute Stube zu schaffen, damit ihr wenigstens in der Nähe des Ofens schlafen konntet?“, fragt Maik. Mit dieser Art von unaufgeforderten gute Ratschlägen hat er mich schon immer auf die Palme gebracht.

„Klar sind wir auf diesen tollen Gedanken gekommen, wir sind ja nicht blöd. Wir haben versucht, die Betten auseinanderzunehmen, aber die Dinger waren irgendwie nicht nur verschraubt, sondern auch verleimt, oder es waren die Jahrhunderte und die Holzwürmer, die dafür gesorgt hatten, dass die einzelnen Teile festsaßen wie einbetoniert. Ein Bett haben wir dann hochkant aus der Schlafkammer getragen und sind zu viert fast damit in die

Knie gegangen. Das war echte deutsche Wertarbeit, das Ding wog Tonnen. Es war unmöglich, damit irgendwie die schmale, steile Treppe hinunterzukommen, also haben wir diese Idee wieder aufgegeben."

„Und wenn ihr nur die Matratzen auf die Erde gelegt hättet?"

„Diese brillante Idee kommt leider ein wenig spät", gifte ich ihn an und fahre fort: „In der fünften Raunacht wurde es heftig."

Die 5. Raunacht

Als die nächste Nacht kam, hatte ich richtiggehend Angst davor, ins Bett zu gehen. Allerdings mussten wir langsam anfangen, mit den Kerzen zu sparen, schließlich wussten wir nicht, wie lange wir noch in dieser Isolation leben mussten. Deshalb gingen wir früh schlafen. Dennoch stimmten alle erleichtert meinem Vorschlag zu, eine Kerze in einer Laterne in der Diele brennen zu lassen, damit man leichter zur Toilette fand.

Wie in der vergangenen Nacht schlüpfte ich mit meinem dicken Pullover unter die eiskalte Decke und lag wie festgefroren in meinem Bett, ohne die Augen zu schließen. Trotz des leicht flatternden Kerzenlichts in der Diele legte sich die Dunkelheit wie Blei auf mich. Da ich hundemüde war, brannten meine Augen so sehr, dass mir schon die Tränen hinunterliefen. Ich schloss sie und musste schließlich doch eingeschlafen sein, da mich ein Schrei weckte.

Ich schrak hoch. „Was ist, wer hat geschrien, ist da jemand?“ Ich hörte Füßegetrappel und ein Poltern, und dann Sarah: „Scheiße, verfluchte!“

Ich sprang aus den Federn und schlüpfte in meine Filzschuhe. Sarah stand draußen in der Diele und hielt sich den Fuß. „Aua, verflucht, ich hab mich gestoßen.“

„Was war los, wieso hast du geschrien?“

Maria und Jennifer kamen dazu.

„Hier war jemand, ich schwöre es euch."

„Willst du nicht erst mal wieder ins Bett gehen?", fragte Sarahs Mutter und nahm sie in den Arm. „Du zitterst ja am ganzen Leib, Liebes, komm, ich bringe dich ins Bett."

„Ich will nicht ins Bett. Verdammt, Mama, hier ist jemand im Haus. Oder ist eine von euch eben auf dem Klo gewesen? Oder in der Küche?"

Wir standen ratlos um Sarah herum und schüttelten den Kopf.

„Ich habe es genau gehört. Und ich meine, ich habe auch einen Schatten gesehen. Einen riesigen Schatten, der sich bewegt hat."

„Das war das Flackern der Kerze, die einen Schatten an die Wand geworfen hat", wandte Maria ein.

„Ich bin doch nicht bekloppt. Da war eine Frau in der Diele. Und die war in Fell gekleidet."

Ich bekam eine Gänsehaut.

Maria schüttelte den Kopf. „Los, ab mit euch allen ins Bett, wir holen uns hier noch den Tod."

Wir bewegten uns nicht vom Fleck. „Wird's bald!" Maria wurde rabiat. Murrend verzogen wir uns wie unartige Kinder in unsere Schlafkammern. Nach einer Viertelstunde hörte ich leise Fußtapsen in der Diele. Mein Herz überschlug sich beim Klopfen. Mir brach der Schweiß aus. Aber es war nur Sarah, die auf Zehenspitzen in mein Zimmer geschlichen war. „Darf ich den Rest der Nacht bei dir schlafen?", fragte sie. Ich rutschte zur Seite und ließ sie unter meine Decke schlüpfen. Arm in Arm schliefen wir endlich ein.

Am nächsten Morgen war es so weit: Wir legten die

Fellstücke auf den Tisch. Maria hatte Frühstück gemacht. Sie besah sich die Teile und stöhnte. Was sollte das nun wieder heißen?

Hullefraansnocht

„Sieht aus wie Teile von den Hullefrauen", sagte Maria.

„Was ist jetzt das?", fragte Jennifer, auf beiden Backen schon leicht trockenes Brot kauend.

„In Schnett, wo ich herkomme, wird seit vielen, vielen Jahren während der zwölf Nächte eine Hullefraansnocht begangen, die Nacht der Hullefrauen. Die Hullefrauen sind Gehilfinnen der Frau Holle, die bei uns ja als Anführerin der Wilden Jagd gilt. Sie wird als ein altes, hässliches Weib dargestellt, das die Menschen entweder belohnen oder bestrafen kann.

„Wie anheimelnd", sagte Sarah.

„Einer alten Sage nach zieht Frau Holle mit ihrem Gefolge vom Hörselberg bei Eisenach über den Simmesberg bei Schnett, um dort die Hulleweiber, also ihre Gehilfinnen, auf den Ort loszulassen. Noch heute verpassen die Hulleweiber jedem, der ihnen begegnet, drei Schläge mit Ruten auf den Rücken. Das soll der Reinigung dienen und die Geister des alten Jahres vertreiben und im neuen Jahr Glück, Gesundheit und Fruchtbarkeit bringen. Dabei machen die Hullefrauen unheimliche Geräusche, sie brummen in sich hinein und krächzen wie heisere Raben."

„Das sind alles Frauen aus dem Ort in schrecklichen Kostümen, nehme ich an?", fragte Sarah.

„Genau, die Frauen tragen furchterregende Masken und Gewänder, die mit Fellstücken bedeckt sind. Sie ziehen in die Gastwirtschaft, wo sie viel Publikum haben, und schlagen jeden, der ihnen vor die Rute kommt. Begleitet werden sie von den Gertenträgern, die die Haselruten der Frauen ersetzen, wenn sie zerbrochen sind. Außerdem treiben die Gertenträger Spenden ein."

„Na klar, wozu sollte der Mummenschanz auch sonst gut sein!" Jennifer grinste.

„Wenn ich dich richtig verstehe, Maria, dann meinst du, dass irgendein lebendiges Wesen sich in so ein Hullefranzkostüm geworfen hat und uns erschrecken will. Sehe ich das richtig?", fragte ich.

„Genau das wollte ich damit sagen. Wir sind uns ja wohl einig, dass es keine Geister gibt. Also sehe ich nur eine logische Erklärung."

„Und die lautet: Jemand besucht uns nachts und macht uns Angst." Das war Sarah.

„Und wie bitte kommt dieser Jemand in dieses Haus? Wir kommen ja selbst nicht raus, und wo nichts rauskommt, kommt auch nichts rein." Jennifer sah fragend in die Runde.

„Das muss nicht unbedingt so sein", widersprach ich.

„Jedenfalls nicht, wenn man es logisch betrachtet. Wo durch eine Tür nichts rausgeht, kommt vielleicht durch eine andere Tür etwas hinein", ergänzte Sarah.

„Wie der Weihnachtsmann durch den Schornstein?" Jennifer war in Hochform.

„Ich sagte Tür, nicht Schornstein", beharrte Sarah.

„Aber die Türen sind zugeschneit!", gab ich zu bedenken. „Oder war der Hof hier vielleicht früher eine Gastwirtschaft?“

„Wie kommst du denn darauf?“, fragte Maria.

„Weil ich mal gehört habe, dass es in ländlichen Gegenden oft zwischen Kneipe und Kirche einen unterirdischen Gang gibt, damit der Pfarrer nicht durchs Dorf taumeln muss, wenn er gezecht hat.“

„Stimmt, ich glaube, in Bayern gibt es so was“, sagte Sarah, „das hab ich auch gehört.“

„Der Hof war nie eine Gastwirtschaft, das ist ein klassischer Thüringer Bauernhof. Und eine Kirche gibt es hier auch nicht in der Nähe. Noch nicht einmal eine Kapelle.“

„Verdammt, man kann nicht mal googeln, das macht mich ganz wahnsinnig“, sagte ich. „Da hilft nur eins, wir müssen uns nachts auf die Lauer legen. Vielleicht kommen wir dem Geheimnis dadurch auf die Spur.“

„Das übernehme ich.“ Maria klang entschlossen. „Ich bin mir ziemlich sicher, dass sich hier jemand auf unsere Kosten amüsieren will. Dazu passt auch, dass die Straße nicht geräumt wird. Ihr könnt ruhig schlafen, meine Lieben, ich werde mich darum kümmern. Außerdem ist mir eingefallen, dass ich eine Kamera mitgenommen habe.“

„Typisch Mama, bloß kein Smartphone, von diesem neumodischen Zeug kriegt man ja Gehirnkrebs“, ranzte Jennifer.

„Du willst Fotos machen? Eine tolle Idee, ich hoffe, die Kamera ist geladen“, sagte Sarah.

„Ich heiße doch nicht Nicole“, entgegnete Maria.

Und so verging dieser Tag mehr schlecht als recht. Wir hatten absolut keine Lust auf irgendwelche Orakelspielchen, und mich zogen die Mythen und Sagen in meinem eReader auch nicht gerade in den Bann.

„Ihr wart also endlich auf den Gedanken gekommen, dass euch irgendjemand einen Streich spielte“, konstatiert Maik.

„Ja. Es war offensichtlich, dass jemand ins Haus kam.“

„Was ist aus der Kamera geworden, ist die gefunden worden?“, fragt er.

Ich schaue ihn erstaunt an. „Die Kamera. Die hatte ich ganz vergessen. Ich weiß es nicht. Keine Ahnung. Vielleicht hat die Polizei sie gefunden.“

Die 6. Raunacht

Maria machte sich abends einen Tee und schickte uns früh zu Bett. Sie zog sich so dick an wie zu einem Winterspaziergang und postierte sich in der Diele unter der Stiege. Denn wenn jemand ins Haus kam, dann musste er durchs Erdgeschoss. Natürlich lauschten wir in die Dunkelheit, wie auch in der Nacht zuvor hatten wir eine Laterne in der oberen Diele angezündet, um wenigstens einen kleinen Schein zu sehen.

Stundenlang, so schien es mir, lag ich wach, ohne dass etwas passierte. Irgendwann fielen mir die Augen zu, und ich musste weggedämmert sein, denn ich schreckte aus einem tiefen Schlaf, als ich ein Poltern im Erdgeschoss hörte. Über der Diele wären wir fast übereinander gestolpert. „Maria, alles in Ordnung?", rief ich in die Dunkelheit des Hauses.

Keine Antwort.

„Maria?"

Im Haus war es mucksmäuschenstill.

„Mama?" Sarahs Stimme klang panisch. Wir rannten die Treppe hinunter. Mit fliehenden Fingern entzündeten wir Kerzen, aber in dem Flackern und Blecken der Kerzen sahen wir – nichts. Keine Maria.

„Mama!" Jennifer schrie wie ein kleines Kind. Maria antwortete nicht.

Wir durchsuchten alle Räume im Untergeschoss, wir

öffneten die Haustür nach draußen, was außer einer Schneewehe im Flur nichts brachte. Wir öffneten die Tür zum Hof und riefen in den Hof: „Maria! Mama!"

Es blieb still. „Vielleicht sollten wir im hinteren Gebäude oder in den Ställen nachschauen?", schlug ich vor.

Wie gut, dass wir den Hof am Nachmittag wieder freigeschaufelt hatten. Wir zogen Stiefel und dicke Anoraks über unsere Schlafklamotten, schnappten uns Laternen und suchten den Innenhof ab. Maria antwortete weder auf unser Rufen, noch waren irgendwelche Spuren von ihr auf dem Hof zu finden.

„Hey, was macht ihr da, ihr werdet euch den Tod holen!" Maria kam uns aus dem Quergebäude entgegen.

„Du hast uns vielleicht einen Schreck eingejagt", sagte Sarah. „Jennifer ist total hysterisch."

Maria führte uns zurück in die Küche. „Ich dachte, ich hätte hinten im Hotel ein Licht gesehen, deshalb bin ich rübergelaufen."

„Und, hast du was gefunden?", fragte ich.

Maria schüttelte den Kopf. „Nada. Nichts."

„Da war so ein unheimliches Poltern im Haus", sagte Sarah.

„Ich bin auf der Treppe gestolpert", sagte Maria. „Los, ab mit euch ins Bett."

Am folgenden Tag waren wir alle ziemlich einsilbig. Sarahs Pizzavorräte waren aufgebraucht, wir hatten kein Fleisch, kein frisches Gemüse und kein Brot mehr. Und keine Butter. Nur Unmengen von Nudeln, Olivenöl und Knoblauch. Sarah schaffte es, auf dem Steinofen sogar halbwegs schmackhafte Spaghetti al olio zuzubereiten.

Gott sei Dank hatte Sarah für die gemütlichen Winterabende am Ofen vorgesorgt und eine Spielekiste mitgenommen. Wir spielten Monopoly, wir stritten uns beim Scrabble, wir kloppten Skat. Zwischendurch fegten wir den Hof. Befeuerten die Öfen.

Tag und Nacht verschwammen ineinander, was vor allem am fehlenden Licht lag. Entweder war es draußen grau, oder es war stockduster und wir mussten Kerzen anzünden. Im Haus hing der schwere Geruch von Kerzenwachs und qualmenden Dochten. Wir beschränkten unsere Lüftungsbemühungen auf ein Minimum.

„Habt ihr euch immer noch nicht gefragt, warum die Straße nicht geräumt wurde?" Das hat Maik wohl am meisten erstaunt.

„Doch, natürlich, das hat mich schon die Polizei gefragt. Aber was sollten wir denn machen? Wir hatten keine Wahl, wir mussten uns irgendwie mit der Situation arrangieren. Wir hofften, dass wenigstens die Straße geräumt werden würde, wenn die Linnemanns aus ihrem Urlaub zurückkamen, wobei wir uns natürlich auch fragten, ob nicht womöglich sie hinter dem ganzen Unfug steckten. Oder Brigitte und Thomas. Aber auch diese Gedanken brachten uns nicht weiter. So sehr wir auch nachdachten, wir fanden keine Möglichkeit, von dem Gehöft wegzukommen."

In dem Moment öffnet sich die Tür. Eine Korona von Weißkitteln betritt das Krankenzimmer. „Wie geht es uns denn heute?", fragt ein Mann, in dessen Gesicht das Bewusstsein von Wichtigkeit zu lesen ist.

„Schon viel besser."

„Prima." Er schaut sich die Akten an, die am Kopfende des Bettes klemmen. Blutdruck und Fieber, nehme ich an.

„Wenn das Fieber verschwunden ist, können sie nach Hause, vielleicht schon morgen."

Nach Hause, wie das klingt. Ich sehe Maik an. „Danke, Doktor", sagt er.

Als die Weißkittel gegangen sind, sagt Maik, dass er ein Hotel für uns buchen wird. Hier in Suhl. „Du musst ja noch deine Zeugenaussage machen." Er hat „für uns" gesagt. Ich schließe die Augen. Gibt es wieder ein für uns?

„Maik", sage ich, „warte bitte ab, bis du die ganze Geschichte kennst."

„Dann erzähl weiter. Jetzt wird es wohl spannend."

Die 7. Raunacht – Silvester

Es war die letzte Nacht des Jahres: Silvester. Jennifer war stinksauer, sie hatte natürlich „megahammer“ Pläne gehabt, und jetzt mussten ihre Freunde ohne sie Party machen.

Den ganzen Vormittag überlegten wir, was wir uns als Festmenü zubereiten könnten. Unsere Vorräte waren so gut wie aufgebraucht. Es gab noch Nudeln. Spaghetti, Spirelli und Penne. Ratlos durchforsteten wir die Küchenschränke hinter der Wandabdeckung, fanden jedoch so gut wie nichts, was man noch mit Nudeln zubereiten konnte. Sarah hatte für zwei Tage für vier Personen eingekauft und danach nur noch für uns zwei geplant, die wir ganz sicher zwischendurch mal zu Rewe gefahren wären.

Schließlich fiel Sarah ein, dass sie die Grünkohl- und Rotkohl-Reste vom Heiligen Abend nach draußen gebracht hatte, ebenso die Klöße. Allerdings hatte sie die Töpfe dorthin gestellt, bevor es zu schneien begonnen hatte.

Wir befreiten die gefrorenen Töpfe vom Schnee und stellten sie neben den Ofen. Wie hatte Sarah das nur vergessen können? Vielleicht, weil sie den ganzen Heiligen Abend vergessen wollte?

Ich habe in meinem Leben nie so köstlichen Grünkohl gegessen wie in dieser Silvesternacht. Zur Krönung gab es Kasslerbauch dazu, den Sarah wegen des Geschmacks mitgekocht und im Topf gelassen hatte. Der Rotkohl hatte ein wundervolles Aroma von Apfel, Zimt, Nelken und Gänseschmalz … Hach, wir haben geschlemmt wie die Könige.

Dazu tranken wir die schönsten Weine, wie gut, dass Sarah Wein- und Champagnervorräte für uns bei unserem Lieblingsweinhändler in Kreuzberg eingekauft hatte, so dass wir auch in dieser Beziehung keine Not leiden mussten. So kam es, dass wir diese Silvesternacht sogar richtig gefeiert haben. Voll des guten Weines sangen wir die größten Hits unserer Jugend. Als Sarah dann noch einfiel, dass sie für Silvester Feuerwerk und ein Paket zum Bleigießen mitgebracht hatte, war unsere Party perfekt.

Wir ließen im Hof ein paar einsame Raketen in den nächtlichen Himmel über Thüringen steigen, und anschließend sagten wir uns Liebe, Heirat und Babys voraus. Denn keine von uns konnte etwas anderes in den Bleispermien erkennen, die uns nach dem Wurf in die Wasserschale die Zukunft orakeln sollten.

Der Abend war perfekt, und wir schliefen in dieser Nacht zumindest ungestört.

„Kein Wunder", sagt Maik, „in der Nacht hatten wohl alle etwas anderes zu tun, als hilflose Frauen zu erschrecken."

Für das „hilflos" kassiert er einen bösen Blick. Das genau war es, was ich ihm vorgeworfen habe. Maik Schöning behandelte mich immer, als wäre ich ein hilfloses Weibchen, das schmachtend darauf gewartet hat, dass sich ein edler Ritter um ihr Seelenheil kümmert, damit sie halbwegs im Leben zurechtkommt. Ich kam ganz gut allein im Leben zurecht, bisher jedenfalls. Wer erträgt es schon auf Dauer, wenn der Liebhaber einen ständig fragt, ob er nicht dein Auto in die Waschanlage fahren soll, weil es das seit Monaten schon nötig hätte? Ich bin nicht blind, aber ich entscheide immer noch selbst, wann ich meine, dass mein Auto gewaschen werden muss oder meine Pfandflaschen zurückgegeben werden sollten. Allerdings muss ich zugeben, dass ich jetzt, wo ich wirklich hilflos bin, sehr froh bin, Maik an meiner Seite zu wissen.

Die 8. Raunacht – Neujahr

Am nächsten Morgen beschäftigten wir uns mit Aufräumen und Abwaschen. Der Abwasch war ein ganz schöner Aufwand. Wir erwärmten im Ofenrohr Wasser in einer kupfernen Schüssel, die wir zu zweit auf den Küchentisch wuchteten. Eine von uns wusch die dort gestapelten schmutzigen Teller ab, die andere trocknete das Geschirr ab, und die Dritte räumte das Geschirr hinter den Wandschrank. Zu zweit entsorgten wir das warme Wasser in der kupfernen Schüssel im Ausguss.

Wir Mädchen waren mit Spülmaschinen aufgewachsen, jetzt bekamen wir eine Idee davon, was für eine schwere Arbeit die Frauen früher hatten verrichten müssen.

Denn inzwischen mussten wir auch unsere Wäsche auf diese Weise waschen. Maria und Jennifer waren nur auf zwei Tage Thüringen eingestellt gewesen. Jetzt war das Waschen von Unterwäsche, Strumpfhosen und Pullovern angesagt. Ebenfalls auf dem Küchentisch. Wir hängten die nasse Wäsche rund um den Ofen in der Küche auf, obwohl wir gelernt hatten, dass man während der Raunächte nicht waschen sollte. Tatsächlich spielte sich das gesamte tägliche Leben in der Küche ab.

Nur zum Lesen verzog ich mich auf das Sofa in der guten Stube, die ja ebenfalls durch einen Ofen geheizt wurde. Ich war die Einzige, die etwas zu lesen hatte, Jennifer war mehr die Generation YouTube und fühlte sich ohne Zugang zum Netz amputiert. Sarah war es gewohnt, alles auf dem Smartphone zu lesen, das hier nicht funktionierte. Deshalb setzte sie sich schließlich zu mir, und wir lasen gemeinsam in meinem eReader.

„Lest uns doch vor“, bat Maria uns schließlich. Und so lasen wir uns gegenseitig Kurzgeschichten in der guten Stube vor. Unser Bedarf an Märchen und Sagen war gedeckt.

Immer wieder lauschten wir, ob wir nicht irgendein Geräusch hören konnten, von einem sich nähernden Räumfahrzeug vielleicht. Und wie auch an den vergangenen Tagen betätigten wir unzählige Male die Lichtschalter, in der Hoffnung, dass wir wieder Anschluss gefunden hatten an das Stromnetz. Aber nichts passierte.

Natürlich schliefen wir schlecht oder gar nicht.

In diesem Moment öffnet sich die Tür, und die Schwestern kommen mit dem Mittagessen. Es gibt Möhrengeschnetzeltes mit Hackbraten und Kartoffelbrei. Schon wieder. Ich habe immer noch keinen Appetit.

„Magst du?“, frage ich Maik. Er schüttelt den Kopf. „Du musst was essen, Nicoschka, komm, wenigstens ein paar Löffelchen.“ Und dann fängt er an, mich zu füttern wie ein Baby. Mir treten die Tränen in die Augen, und ich muss sie ganz schnell schließen, damit er es nicht sieht. Tapfer schlucke ich ein paar Löffelchen, und plötzlich ist der Teller leer.

„Na also, du hast doch Hunger gehabt!“ Maik scheint mit mir zufrieden zu sein. „Komm, berichte weiter.“

Die 9. Raunacht

Wir waren so müde, dass wir in dieser Nacht keine Wache aufgestellt haben. Dennoch hörten wir alle wieder etwas und trafen uns zu nächtlicher Stunde oben in der Diele. Aber es war nichts Verdächtiges zu sehen.

Allerdings fanden wir am nächsten Morgen Stroh unter der Treppe. „Wo kommt das denn her?", fragte ich.

„Wahrscheinlich hatte ich Stroh unter den Füßen, als ich aus dem Kaninchenstall gekommen bin", fiel Sarah ein.

Maria machte ein nachdenkliches Gesicht. „Verflucht." Sie befingerte den Strohhalm und roch daran. Dann schüttelte sie den Kopf.

„Die Ströherne", sagte sie, nachdem wir uns zum Frühstück gesetzt hatten.

„Was ist das denn?", fragte ich.

Sarah hatte uns mit den Resten der Spaghetti vom Vorabend einen Nudelsalat gezaubert. Mit Zwiebeln, Knoblauch, Essig, Öl, getrockneten Tomaten und Kapern. Ich glaube, das war der köstlichste Nudelsalat, den ich je in meinem Leben gegessen hatte.

„Das ist auch eine der Figuren, die in Schnett während der Zwölf Nächte ihr Unwesen treiben. Die Ströherne verkörpert das Gute und Gedeihliche. Sie ist ganz in Stroh gekleidet, und einen Strohhalm von ihrem Gewand, das sogenannte Hullestroh, legen sich die Leute ins Portemonnaie, damit es dort immer für Nachschub sorgt, oder ins Nest der Haushühner, damit es stets ein volles Gelege gibt. Am Ende der Hullefraansnocht ist das Gewand der Ströhernen total zerfetzt."

„Wie – endlich mal ein guter Geist?", fragte Jennifer höhnisch.

„Komisch." Maria schüttelte den Kopf. „Wenn ich mich richtig entsinne, beschränkt sich diese Tradition ausschließlich auf die Gegend um meinen Heimatort."

„Meinst du, dass Tante Brigitte uns nachts heimsucht?", fragte Sarah. Den Gedanken hatte ich auch schon gehabt.

„Aber wie sollte sie hier hereinkommen?", fragte Maria.

„Vielleicht gibt es doch einen unterirdischen Gang." Der Gedanke ließ mich nicht los.

„Wo soll der denn herkommen? Und wo sollte er hinführen? Das Dorf ist viel zu weit weg!", sagte Maria.

„Gibt es hier vielleicht irgendwo ein Bergwerk?", hakte ich nach.

„Du meinst, dass das Haus auf einem stillgelegten Schacht gebaut wurde?", fragte Sarah. „Keine schlechte Idee. Mama, was meinst du?"

Maria schüttelte den Kopf. „Ich zermartere mir schon seit Tagen das Hirn. Aber hier gab es keine Bergwerke, weiter weg ja, da wurde Kali abgebaut und Schiefer und Erz. Aber nicht hier. Das war immer eine Gegend mit Land- und Forstwirtschaft. Und schon früh hat man hier auf Tourismus gesetzt."

„Was ist mit Höhlen?", fragte Jennifer.

„Höhlen gibt es in der Umgebung einige. Im Höllental zum Beispiel. Aber hier nicht. Die wären gefunden worden. Wenn nicht von den Waldarbeitern, so doch von den

Kindern des Dorfes. Vergesst es. Keine Schächte, keine Höhlen."

„Aber du kannst dir auch vorstellen, dass Brigitte etwas mit den Geräuschen zu tun hat?", fragte ich Maria.

„Das alles kann auch ganz einfache Ursachen haben. Die Fellstücke und das Stroh waren früher schon da. Vielleicht hat die Haushaltshilfe, wie hieß sie doch gleich, die Sachen hier verstreut, um Sarah zu verunsichern", sagte Maria.

„Die Haushaltshilfe heißt Linnemann. Ulrike Linnemann. Warum sollte sie das tun?", fragte Sarah.

„Das hat Dennis doch schon gesagt. Sie wollen dich hier nicht", erinnerte ich sie.

„Hat er das echt gesagt?", fragte Sarah.

„Na ja, er hat es zumindest angedeutet."

„Wenn du meinst." Was Sarah nicht hören wollte, das hörte sie einfach nicht.

„Und wenn Thomas und Brigitte die Haushaltshilfe angewiesen haben, kleine Präsente zu hinterlassen?", fragte Jennifer.

„Das kann ich mir gut vorstellen. Wer hier im Ort wohnt, der tanzt nach der Pfeife von Thomas. Ich kann mir auch denken, dass mein entzückender Exmann dafür gesorgt hat, dass uns der Strom abgeklemmt wurde und es keinen Benzinvorrat gibt. Und dass die Straße hierher nicht geräumt wird. Das wäre eine seiner leichtesten Übungen."

„Das konnte er aber kaum geplant haben. Dass es schneit, wenn du kommst", meinte Sarah.

„Nö, aber nach dem Streit an Heiligabend, als es anfing

zu schneien, könnte ihm so eine Idee gekommen sein. Kleiner Rachefeldzug“, warf ich ein.

„Außerdem soll es Wetterberichte geben. Aber wenn er glaubt, dass wir uns hier tyrannisieren lassen, hat er sich getäuscht. Lasst uns die Sache entspannt sehen und den Aufenthalt hier genießen. Sarah, du wolltest doch ein Hotel für eine Reise in die Vergangenheit. Voilà, jetzt hast du es.“ Maria war richtig in Fahrt.

Wir lächelten nur schwach. Natürlich war jede von uns bereits auf die Idee gekommen, dass Thomas und Brigitte hinter unserer Isolation steckten. Aber wir waren längst mürbe geworden. Die eigentlich kurzen Tage dehnten sich, wir stellten wesentlich weniger Kerzen auf als zu Beginn unserer Dunkelhaft, weil wir Angst hatten, dass wir irgendwann ganz in der Dunkelheit sitzen würden.

„Ich wette, in der zwölften Nacht ist der Spuk vorbei“, sagte ich.

Am Abend dieses Tages aßen wir Spaghetti mit Pinienkernen, Chili und getrockneten Tomaten. Ich wunderte mich, was meine Freundin für merkwürdige Sachen eingekauft hatte. Gott sei Dank eingekauft hatte, denn durch das Trockenfutter hatten wir wenigstens etwas zum Würzen der Nudeln, die jedoch auch bald zur Neige gehen würden. Die Spirelli mussten sie im Sonderangebot gehabt haben, Sarah hatte davon mehrere Packungen auf Lager. Ich werde wohl nie wieder in meinem Leben freiwillig Pasta essen.

Während Maria und ich die Küche aufräumten, gerieten sich Jennifer und Sarah ein wenig in die Haare. Maria, die das Geschirr abtrocknete, zwinkerte mir zu.

Wenigstens hatte es aufgehört zu schneien, so dass wir nicht erneut Schnee schippen mussten. Sarah ging nach draußen und hackte Holz. Sie musste sich wohl abreagieren. Ich wusste, dass sie ihre kleine Schwester sehr lieb hatte, aber Jenny konnte einem schon auf die Nerven gehen.

„Wie war dein Verhältnis zu deiner Schwester eigentlich?", fragte ich Maria.

„Ich war schon in der dritten Klasse, als die Kleine geboren wurde. Brigitte war immer das verhätschelte Nesthäkchen. Ich vermute, dass sie so etwas wie der Kitt für die Ehe meiner Eltern war. Ich musste immer auf sie aufpassen. Was Kinder nicht so gern mögen, wie du dir vorstellen kannst."

„Leben deine Eltern noch?"

„Nein, mein Vater ist vor zehn Jahren gestorben, und meine Mutter hat ihn nur um vier Jahre überlebt. Sie lebten allerdings schon lange nicht mehr in Schnett, sondern in Erfurt, weil mein Vater nach der Maueröffnung einen Job im Landwirtschaftsministerium bekommen hatte."

„Wie war das, hier in Thüringen aufzuwachsen?"

„Ich hatte eine sehr glückliche Kindheit. Wir hatten unendlich viel Platz zum Spielen und Toben. Unser Haus war von Wald umgeben."

„Waren deine Eltern also auch in der Landwirtschaft beschäftigt?" Ich sprach bewusst nicht das Thema DDR an. Wenn sie mir davon erzählen wollte, sollte sie es von sich aus tun.

„Mein Vater ja, er war in der Forstwirtschaft tätig, meine Mutter hat die Bücher der LPG geführt", antwortete Maria.

„Und die Ehe deiner Eltern war nicht so glücklich, sagtest du?“

„Mein Vater war ein Hansdampf in allen Gassen. Er sah sehr gut aus und konnte keinem Rock widerstehen. Ich glaube, er hat meine Mutter oft betrogen, obwohl ich dafür keine Beweise hatte. Sie haben sich deshalb immer wieder laut gestritten. Und was mache ich Idiotin? Ich heirate einen Mann, der genauso ist wie mein Vater.“

„Thomas?“

„Ja. Und auch Jennifers Vater war so ein Frauentyp. Glaube mir, seit geraumer Zeit ducke ich mich hinter den Schrank, wenn ein gutaussehender Mann meinen Weg kreuzt.“ Maria lachte ihr wunderbar herzliches Lachen.

„Dafür hast du aber zwei bildschöne Töchter.“

„Das stimmt.“ Maria lächelte. „Aber ich hätte auf den Rat meiner Mutter hören sollen. Heirate nie einen Mann, der schöner ist als du, hat sie mir gesagt. Sie hat sehr darunter gelitten, dass mein Vater der schöne Schwan in der Familie war, obwohl meine Mutter gar nicht schlecht aussah.“

„Sag mal, hattet ihr nicht langsam mal das Bedürfnis, alleine zu sein? So viele Tage und Nächte in einem Raum oder fast in einem Raum, ich würde wahnsinnig werden“, unterbricht mich Maik.

„Wir waren kurz davor durchzudrehen. In dieser Nacht gingen wir auch deshalb früh zu Bett. Uns war nicht mehr nach Reden oder Spielen oder nach Geschichten. Wir wurden maulfaul. Jede wollte mit sich allein sein. Deshalb schlossen wir ab dieser Nacht auch unsere Türen. Es war ja bis jetzt nichts passiert, außer dass man uns erschreckt hatte. Das Bedürfnis, einfach mal für sich zu sein, siegte über unsere Angst. Und das war unser größter Fehler, der sich bald rächen sollte."

„Oje." Maik nimmt meine Hand. „Ganz ruhig, versuch, einfach weiterzuerzählen, ohne dich aufzuregen, okay? Wenn du eine Pause brauchst, musst du es mir sagen."

Er reicht mir die Tasse mit dem Pfefferminztee, der inzwischen kalt geworden ist, und führt die Tasse zu meinem Mund. Eine Altenpflegerin in einem Heim für Demenzkranke würde es nicht besser machen können.

„Danke", sage ich.

Maik tut mir gut. Ich muss es nur zulassen.

Die 10. Raunacht

Tatsächlich passierte in dieser Nacht auch nichts. Zumindest nichts, was wir mitbekamen. Wir schliefen alle fest.

Deshalb ging es uns am Morgen besser als in den Tagen zuvor. Aber unsere Nudelvorräte waren langsam aufgebraucht, und Maria gab die Parole „Kaninchenbraten" aus.

„Oh Schreck, das kann ich mir vorstellen, vier Frauen und ein süßes, kleines Kuscheltier", sagt Maik.

„Genauso, wie du dir das vorstellst, war es", gebe ich zu.

„Ich nehme an, Maria musste das Kaninchen alleine erlegen", spekuliert Maik.

„Nicht ganz. Sarah ist mit ihr zum Stall. Jennifer hatte bereits vorher lauthals verkündet, dass sie gar nicht daran denke, überhaupt einen Bissen von einem Kaninchen zu essen."

„Und du?", fragt Maik.

„Ich habe mich gegruselt. Ich wollte auf keinen Fall das Tier töten und auch nicht zugucken. Aber wir mussten etwas essen, es gab kaum noch etwas in Sarahs Vorratskammer. Wir hatten Hunger. Also hat Sarah das Kaninchen rausgeholt und zu dem Holzlagerplatz gebracht. Sarah hat es festgehalten, und Maria hat dem Tier den Kopf abgehackt."

„Na wenigstens musste das arme Tier nicht leiden", sagt Maik.

„Ich habe mich mit Jennifer in der Küche versteckt. Maria hat das Kaninchen dann gehäutet, da hat sogar Sarah die Segel gestrichen. Als Maria von draußen nach einer Geflügelschere rief, hat sich mir der Magen umgedreht. Wenn etwas darin gewesen wäre, hätte ich wahrscheinlich die Küche vollgekotzt."

„Ganz schön sensibel, die Kleine." Maik grinst.

„Ich weiß ja, dass das unlogisch und inkonsequent ist. Aber ich esse nun mal keine Kuscheltiere und keine Tierbabys. Ich könnte auch kein Schwein selbst töten, obwohl ich die wirklich hässlich finde."

„Und wieso bist du dann noch keine Vegetarierin?" Wieso grinst Maik eigentlich so frech?

„Weil ich eine gottverdammte Fleischfressende Pflanze bin, ich liebe nun mal Steaks und Braten. Wenn der liebe Gott gewollt hätte, dass ich mich von Möhren ernähre, hätte er aus mir ein Häschen gemacht!"

„Och." Maik schaut mich mit zur Seite gelegtem Kopf an. Sag jetzt bloß nicht Häschen zu mir!

„Der liebe Gott hat aus dir auch keine Löwin gemacht, obwohl du gerne Rehrücken isst. Wobei …"

Da ist es wieder. Diese Diskussionen mit Maik führen zu nichts, er lässt mich immer ins Leere laufen. Vielleicht ist er deshalb ein guter Anwalt.

„Die Axt, mit der ihr den Weihnachtsbaum schlagen wolltet, war also wieder da, wo sie hingehörte. Sarah hat damit Holz gehackt. Und Maria hat mit dieser Axt ein Kaninchen enthauptet."

„Ach, darauf wolltest du hinaus. Stimmt, die Axt war wohl wieder da. Aber ich weiß nicht, wer sie dorthin zurückgebracht hat. Oder ob es eine andere Axt war. Von wegen der Fingerabdrücke, nicht wahr?"

„Ja. Was mich jetzt noch interessiert: Habt ihr das Kaninchen auch gegessen?"

„Ja. Sogar Jennifer. Maria hat Sarah gebeten, drei Schüsseln nach draußen zu bringen. In eine Schüssel gab sie das ausgeweidete Kaninchen, in die andere Schüssel die Innereien, die essbar waren, und die dritte Schüssel war für den Müll bestimmt.

Sarah hat dann das Kaninchen zubereitet. In Weißwein und Tomatenmark. Mit Rosmarin, dem kläglichen Rest vom Thymian und mit Kapern, die sie noch im Kühlschrank gefunden hatte. Wein hatten wir genug. In der Gerätekammer von Hans hatten wir noch einige Flaschen gefunden, was uns den Verlust des Agenturweins, der noch in meinem Auto fror, verschmerzen ließ. Hans' Weine waren zwar nicht so ganz unser Geschmack: Saale-Unstrut, aber für einen Braten war der Wein genau richtig.

Als das arme Tierchen im Ofen war, roch es köstlich im ganzen Haus. Wir hatten den ganzen Tag nichts gegessen, so dass wir das Kaninchen hinterher fast verschlungen haben."

„Und dazu habt ihr Saale-Unstrut getrunken?"

„Ist der Ruf erst ruiniert – ja. Wir haben gelästert, dass wir demnächst die Weindiät machen würden. Da wir wenig gegessen hatten, stieg uns der Wein natürlich heftig zu Kopf."

„Also noch einmal zusammengefasst: Die Axt wurde von dir, von Sarah, von Maria und von Dennis angefasst. Außerdem gibt es darauf sicherlich Fingerabdrücke von

Linnemann, denn irgendwer wird das Holz ja gehackt haben, bevor ihr gekommen seid." Maik ist auf einen Schlag sachlich geworden.

„Richtig. Auch wenn ich keine Ahnung habe, ob es die Axt war, mit der wir den Weihnachtsbaum geschlagen haben."

„Okay, du sagtest, dass es euer größter Fehler war, die Türen zu den Schlafkammern zu schließen. Das habe ich noch nicht verstanden."

„Das wirst du gleich verstehen."

Die 11. Raunacht

In der elften Nacht verschwand Jennifer.

Wir anderen lagen in unseren Betten und schliefen unseren Rausch aus. Am nächsten Morgen merkten wir zunächst gar nicht, dass sie nicht mehr da war.

Sarah, Maria und ich waren in der Küche, und Sarah stellte fest, dass auch die Teevorräte bald erschöpft wären. Kaffee hatten wir bereits seit zwei Tagen nicht mehr. Wir berieten, was wir essen sollten. Kartoffeln und Nudeln waren aus, Brot ebenso. Sarahs Pizzavorräte waren erschöpft, und auch die Konserven mit Linsen, Bohnen und Erbsen hatten wir aufgegessen. Es gab noch ein bisschen Mehl. Keine Eier, keine Milch. Eine angebrochene Packung Mehl. Und Olivenöl und Rapsöl und Gewürze. Und eine halbe Tüte Pistazien, die wir jetzt zum Frühstück knabberten.

„Dann müssen wir ein Brot backen", sagte Maria.

„Wie willst du das ohne Hefe hinkriegen?", fragte Sarah. Ich konnte nichts dazu beitragen, denn ich hatte vom Brotbacken so viel Ahnung wie vom Fliesen von Badezimmern.

„Geht auch so, denke ich. Wir müssen das Mehl mit Wasser anrühren und dann neben dem Ofen den Teig ganz langsam gehen lassen, bevor wir ihn in den Ofen schieben."

„Du meinst, der Teig geht hoch, so, als ob da Hefe drin ist?", fragte Sarah.

„Da sind genügend Kleb- und Treibstoffe drin, es müsste funktionieren. Nur der Versuch macht kluch“, befand Maria.

Wir hatten nichts zu verlieren. Also siebte Maria das verbliebene Mehl in eine Schüssel und gab ein bisschen Wasser dazu. „So, und nun wollen wir mal gucken, ob der Teig nicht aufgeht“, sagte sie und stellte die Schüssel neben den Ofen. Obendrauf legte sie ein rotkariertes Handtuch.

Dann drehte sie sich um und fragte: „Wo ist eigentlich Jenny?“

Ich ging in die Diele und rief: „Jennifer?“

Keine Antwort. Schlief sie noch? Jenny war Wein noch nicht so gewohnt wie Sarah und ich, wir gehörten beim Alkoholtrinken bereits in die Fortgeschrittenenklasse. Ich stieg also nach oben und schaute in Jennifers Schlafkammer. Das Bett war benutzt worden, aber Jennifer war nicht mehr hier. Ich fasste das Bett an, es war eiskalt.

Ich bummerte an die Badtür. „Jenny, bist du da drin?“ Keine Antwort. Ich öffnete die Tür zur Dusche, sie war leer.

Nach und nach ging ich in jede Kammer des Obergeschosses, aber Jennifer war nirgends. „Oben ist sie nicht.“ Ich vermute, aus meiner Stimme hörte man bereits die aufkeimende Panik heraus.

Maria und Sarah hatten im Erdgeschoss nach Jennifer gesucht. Ebenfalls vergeblich.

Wir trafen uns in der Diele. „Wo könnte sie sein?“

„Draußen?“ Wir öffneten die Tür zur Straße, aber dort war keine menschliche Spur zu sehen. Wir rannten in den Hof, auch dort hatte sich Jenny nicht versteckt. Weder bei den Kaninchen noch beim Brunnen noch in den ehemaligen Ställen. Selbst im Quergebäude, wo das Hotel untergebracht war, konnten wir sie nicht finden.

„Jenny kann sich doch nicht in Luft auflösen. Sie spielt uns bestimmt einen Streich!“, sagte Sarah.

Maria setzte sich an den Küchentisch und legte den Kopf in ihre Hände. Weinte sie?

„Es gibt nur eine einzige logische Erklärung“, sagte Sarah.

„Die, die wir gestern schon gefunden haben. Es muss einen Zugang von außen zu diesem Haus geben.“

„Und dadurch ist Jennifer verschwunden.“

„Aber warum?“, fragte Maria.

„Vielleicht hatten wir Besuch, und sie hat jemanden verfolgt“, folgerte Sarah.

Ich stimmte ihr zu. „Wir müssen diesen Zugang finden. Vielleicht ist Jenny ja auch durch den Zugang entkommen und kann jetzt dafür sorgen, dass wir hier endlich rauskommen.“

„Du meinst, sie holt uns hier raus?“

„Hast du doch gestern gesagt: Wo was reinkommt, kommt auch was raus, oder?“

„Wir sind hier in der Nähe der innerdeutschen Grenze, oder nicht?“, fragte ich.

„Was willst du damit sagen?“ Sarah kauerte auf der Ofenbank direkt neben der Schüssel mit dem Teig und sah mich fragend an.

„Könnte es sein, dass es von diesem Haus aus einen unterirdischen Tunnel in die ehemalige Bundesrepublik gibt?“

„Blödsinn“, sagte Maria. „Die Grenze war viel zu weit weg. Und außerdem war Thomas bei den Grenztruppen ein hohes Tier, ein Hundertzehnprozentiger, wenn ihr wisst, was ich meine. Du glaubst doch nicht im Ernst, dass im Haus seines Vaters und später seines Bruders ein verbotener Tunnel in die BRD geschaufelt werden konnte."

„Wie alt war Hans, als die Mauer fiel?", fragte ich.

„Zweiunddreißig."

„Aber abgehauen sind sie doch früher. Die Mauer gab es seit 1961, da waren Hans und Thomas Kleinkinder beziehungsweise Babys. Was war mit deren Vater?"

„Ehrlich gesagt, ich habe keine Ahnung. Als ich hierherkam, lebte Hans in diesem Haus, es war das Haus seines Vaters, und Thomas lebte unten im Dorf. Das Gut, das sein Vater einmal besessen hatte, war in die LPG aufgegangen. Ganz am Ende der Zwangskollektivierung, ich glaube sogar erst 1960."

„Dein Großvater ist ein reicher Bauer gewesen?", fragte ich.

„Was heißt hier in der Gegend schon reich?", wandte Maria ein.

„Ich meine theoretisch. Das kann ihm doch nicht gefallen haben, dass das alles in die LPG eingebracht werden musste?"

Sarah sah mich nachdenklich an. „Komisch, so etwas habe ich nie hinterfragt. Thüringen, Land, Bauernhöfe, Wälder, LPGs, das war in West-Berlin so weit weg wie der Mars. Außer dem, was wir in der Schule darüber gelernt haben, weiß ich eigentlich nichts von der Gegend hier und von dem Leben der Familie meines Vaters. Mama, du hast dich immer sehr bedeckt gehalten, wenn es um das Leben hier ging."

„Jetzt weißt du ja, warum."

„Könnte es also sein, dass der Vater von Hans und Thomas es zugelassen hat, dass auf seinem Grundstück ein unterirdischer Gang in die ehemalige Bundesrepublik gegraben wurde?"

Sarah nahm einen großen Schluck Tee und hustete. Wir hatten uns alle ein bisschen erkältet in den letzten Tagen.

„Unwahrscheinlich. Denn wenn es so einen Gang gegeben hätte, hätten die Kinder den entdeckt. Kinder finden alles, vor allem das, was sie nicht finden sollen. Und zumindest Thomas war linientreu, der hätte seinen Vater angeschwärzt. Außerdem – die Grenze war viel zu weit weg."

Wir waren des Rätsels Lösung nicht näher gekommen. Erstaunlicherweise blieb Maria relativ ruhig.

Ich sehe Maik an. „Du hast sie ja nie kennengelernt, sie ist eine Frau, die mit beiden Beinen im Leben steht."

„Und du?", fragt Maik.

Wie schön, dass sich jemand auch für meine Befindlichkeit interessiert.

„Ich glaube, bis zu diesem Zeitpunkt habe ich es noch unter Abenteuer im Thüringer Wald abgebucht."

Maik lächelt mich an. Ich liebe es, wenn er lächelt, auf der linken Wange erscheint dann ein kleines Grübchen.

„Was ist aus eurem Brot geworden?", fragt er.

„Wir hatten das Brot total vergessen, ehrlich, bei all dieser Sucherei und der Angst um Jennifer. Als es dunkel wurde, sind wir wieder in die Küche gegangen, und da sahen wir, dass das rotkarierte Handtuch sich gehoben hatte."

„Na wenigstens der Teig geht“, hat Maria gesagt, ihn noch einmal durchgeknetet und dann in einer Pfanne in den Steinofen geschoben. Später haben wir das noch lauwarme Brot mit Olivenöl und Salz gegessen. Ich glaube, keine von uns hätte sagen können, wie es geschmeckt hat. Wir hatten keinen Hunger mehr, wir hatten kein Interesse am Essen, wir waren total fertig vor Sorgen um Sarahs kleine Schwester.

„Ich lege mich heute Nacht auf die Lauer“, sagte Maria.

„Ich auch“, sagte Sarah.

„Ich bin dabei“, fügte ich hinzu.

„Kommt nicht in Frage, ihr schlaft oben. Von mir aus, könnt ihr da oben wach bleiben und horchen, ob etwas passiert. Aber ich lege mich heute Nacht hier unten auf die Lauer. Euch trägt keiner hier raus.“

Die 12. Raunacht

Natürlich hatten wir oben gewacht. Als wir aber bis vier Uhr nichts hörten, gingen wir ins Bett. Uns war eiskalt, und wir waren hundemüde. Dennoch konnten wir lange nicht einschlafen, die Sorgen um Jennifer ließen uns keine Ruhe finden.

Als ich am nächsten Morgen nach unten kam, war niemand da. Aber der Ofen war bereits geheizt. „Sarah?", rief ich in der Diele.

Es war nichts zu hören.

„Maria?" Auch von Maria kam keine Antwort. Wo waren die Frauen hin?

Ich ging noch einmal die Treppe hoch und rief in der oberen Diele. Keine Resonanz. Ich warf einen Blick in Sarahs Zimmer, sie hatte offensichtlich in ihrem Bett geschlafen. Marias Zimmer war leer. Ich rannte erneut die Treppe hinunter und schaute in die gute Stube, in das Bad im Erdgeschoss und in die Gerätekammer. Nichts. Auch nicht im Steinofenraum. Schnell rannte ich durch die Küche, öffnete die Tür und rutschte in den Hof. „Sarah! Maria!" Keine Antwort. Lieber Gott, ich fing an zu beten. *Ihr könnt mich doch hier nicht allein gelassen haben!* Ich schlitterte in meinen Filzlatschen über den geräumten Weg im Hof in das Quergebäude. Links und rechts stapelten sich die Schneemassen, es dachte gar nicht daran zu tauen.

„Sarah! Maria!", schrie ich wieder.

„Nicole!“ Das kam von ganz weit weg. Aber ich hatte es deutlich gehört, Sarah hatte meinen Namen gerufen. Und da kam sie auch schon die Treppe in dem Quergebäude hinuntergelaufen.

„Mama ist weg!“

„Was?“

„Ich habe sie überall gesucht. Sie ist genauso spurlos verschwunden wie Jenny!“

Sarah setzte sich auf die Treppe und brach in Tränen aus. Das letzte Mal hatte ich sie heulen sehen, als ich im Sandkasten ihre Burg zerstört hatte. Ich hockte mich neben sie und nahm sie in den Arm. Was sollte ich sagen, um sie zu trösten? Ich konnte sie nicht trösten, denn ich machte mir genauso viele Sorgen um Maria und Jenny. Also hielt ich meine Freundin im Arm und wiegte sie. „Nicht weinen, es wird alles gut.“ Irgendetwas Sinnloses in der Art muss ich wohl gestammelt haben.

Nach einer Weile zog sie vernehmlich die Nase hoch und wischte sich mit dem Pulloverärmel über die Augen. „Komm, es ist zu kalt hier, lass uns in die Küche gehen und nachdenken!“ Das war meine Sarah, wie ich sie kannte, pragmatisch und logisch.

In der Küche hockten wir uns auf die Ofenbank und ließen unsere Filzlatschen trocknen. „Es muss einen Ausbeziehungsweise Zugang geben. Menschen verschwinden nicht, indem sie sich in Luft auflösen.“ Ich schüttelte ratlos den Kopf.

„Aber wo könnte der sein? Mir fällt einfach nicht ein, wo und wie wir suchen könnten. Wir haben doch alle schon mehrfach den ganzen Hof abgesucht. Eigentlich kann der Zugang nur hier im Haus sein, denn wir haben nie nasse Fußspuren gefunden."

„Stimmt", sagte ich und tat so, als ob mir das auch schon aufgefallen wäre. Irgendetwas pochte in meinem Hinterkopf. Sarah hatte etwas gesagt ... „Du hast mir neulich etwas erzählt, das geistert mir seit Tagen durch den Kopf, aber ich kriege es nicht mehr zu fassen."

„Ach, ich schwätze viel, wenn der Tag lang ist."

Ich holte meinen eReader aus der guten Stube. Darin fand ich ein Buch über die Geschichte von Thüringen. Vielleicht konnte ich daraus irgendwie Honig saugen. Gab es vielleicht etwas über unterirdische Gänge?

Ich klickte mich durch, bis ich ein Kapitel über alte Dörfer fand. Das war es!

„Erinnerst du dich, was du mir über Hirtenhäuser erzählt hast, als wir an dem Haus der Linnemanns vorbeigefahren sind?", fragte ich sie.

„Dass sie außerhalb der Dorfgrenzen standen, damit die Dorfgemeinschaft bei Krankheit oder Unfällen nicht für die Tagelöhner aufkommen musste."

Ich schaute in das Buch. Da gab es auch ein Kapitel über Hirten.

„Habe ich mir doch gedacht, dass es so etwas sein muss ...", sagte ich, als ich das Kapitel überflogen hatte.

„Was ist?"

„Es ist fast so wie bei den Bayern mit ihren Kirchen und den Kneipen. Natürlich haben die Hirten ab und an mit den Mädchen des Dorfes angebandelt, was natürlich strengstens verboten war. Denn wenn sie so einem Mädchen ein Kind gemacht hätten, hätten sie sich dadurch in die Dorfgemeinschaft einschleichen können. Kind als soziale Absicherung sozusagen. Damit man sie dabei nicht erwischte, wurden von den Hirten unterirdische Gänge gegraben. Zeit hatten die ohne Ende.“

„Für das Schäferstündchen?“ Wenn wir nicht so müde und bedrückt gewesen wären, hätten wir uns jetzt ausgeschüttet vor Lachen. Aber wir waren wie erschlagen.

„Du meinst also, es gibt hier im Haus irgendwo einen Ausgang zum Hirtenhaus?“, fragte Sarah.

„Ganz sicher. Und durch den sind Jenny und Maria verschwunden.“

„Und warum kommen sie dann nicht zurück? Und warum haben wir den noch nicht gefunden?“

„Vielleicht holt Maria ja Hilfe, das könnte doch sein.“

„Und warum ist sie noch nicht da?“

„Das kriegen wir raus, wir müssen jetzt nur den Ausgang suchen.“

„Nur ist gut, das haben wir doch schon mehrmals getan.“

„Ist egal, komm, wir fangen noch mal von vorne an.“

Ich tippte auf die hölzerne Wandverkleidung in der Küche, die die modernen Küchengeräte von der alten Küche abschirmten. Aber dahinter fand sich nichts, was sich irgendwie öffnen ließ.

„Ist Quatsch“, sagte Sarah. „Wenn es einen Ausgang gibt, dann kann es den nur im Boden geben.“

„Was ist mit dem Brunnen?“

„Das ist draußen. Denk an die Fußspuren. Wir sollten auf der bergzugewandten Seite des Hauses schauen.“ Damit fielen das Bad, also der ehemalige Stall, die gute

Stube und die Küche aus. Unter der Treppe, das wäre wohl das Logischste. Die Häuser hatten keinen Keller.

Wir suchten den Platz unter der Treppe millimeterweise ab. Nichts. Es gab keine Öffnung, keinen noch so winzigen Spalt, der auf eine Tür hinwies.

Es blieben der Steinofenraum und die Gerätekammer. Sarah und ich schauten uns an. Sarah war diejenige von uns, deren Gehirn für die Logik zuständig war, ich war mehr für die Phantasie und die Geistesblitze da.

„Ich tippe auf die Gerätekammer", sagte Sarah. „Der Steinofenraum ist zu gefährlich. Man weiß nie, wann jemand da drin ist und heizt, es kann glühende Asche herumstehen oder Kohlen auf der Erde gelagert werden. Die Gerätekammer ist ungefährlich, weil da drin nachts garantiert niemand ist."

„Yes!" Plötzlich schien es ganz klar. Wo sollte die Tochter des Hauses besser verschwinden können als über die Gerätekammer.

Wir waren uns jetzt absolut sicher, dass wir dort eine Öffnung im Boden finden würden. Also sprangen wir auf und rissen die Tür auf.

Ein eiskalter Windhauch blies uns entgegen. Das Licht durch das winzige Fenster reichte nicht aus, um mehr als Umrisse zu erkennen. In dem Raum war es klirrend kalt. Sarah holte unsere Laternen. Damit leuchteten wir in den Raum. Der Staub, der sich auf alles gelegt hatte, wirbelte durch die Luft – die Fenster hier waren eindeutig undicht. Falls es Spuren gegeben haben sollte, jetzt sah man nichts mehr, jedenfalls nicht in dem wenigen Licht, das die Laternen und das schummrige Tageslicht uns boten.

Jetzt also hieß es den Boden absuchen. Auf Sarahs Vorschlag hin arbeiteten wir uns systematisch von links nach rechts durch die unebenen Holzbohlen, mit denen der Boden ausgelegt war. Keine der Bohlen bewegte sich freiwillig – weder nach vorn oder nach hinten noch zur Seite. Verzweifelt ließen wir uns auf dem Boden nieder, diese Arbeit ging eindeutig auf den Rücken.

„Das kann doch gar nicht sein, verdammt, hier muss es irgendwo einen Ausgang geben, ich war mir so sicher", jammerte Sarah.

Ich rieb mir den Staub aus den Augen, hier war wirklich länger nicht geputzt worden. Und dann – im Gegenlicht, wenn man von Gegenlicht bei diesem Geflacker reden konnte, sah ich es. Direkt unter dem Fenster. Ein kleines Stück Eisen ragte an der Hauswand hoch. In der Mitte hatte das Eisen ein Loch. Ich stieß Sarah an. „Guck mal", sagte ich und zeigte auf das winzige Metallstück, das zwischen Hauswand und Bohlen herausragte.

Sarah robbte sich näher an die Hauswand heran. „Warum sind wir nicht von selbst darauf gekommen? Das ist doch ganz logisch. Hier, wo nie ein Lichtschein hinkommt, weil die Sonne nie senkrecht durch das Fenster fällt. Außerdem werden hier keine Geräte gelagert, weil man das Fenster noch erreichen muss. Wie blöd sind wir eigentlich?"

Das war typisch Sarah. Sie gab sich immer selbst die Schuld. Ich sah das ein wenig lockerer. Auf allen vieren rutschten wir zu dem Stück Eisen. Sonst sah man nichts. „Und wie kommt man da rein?", fragte ich. Es musste eine Falltür sein, aber man sah an den Bohlen keinen Spalt.

„Lass uns an dem Stück hier ziehen“, sagte sie.

Wir versuchten, an das Ding heranzukommen, aber das ging nicht. Es klebte sozusagen direkt an der Wand.

„So funktioniert das nicht.“

Wir bewegten das Metallstück nach links und nach rechts. Es passierte immer noch nichts.

„Man muss es ziehen, wir brauchen irgendein Werkzeug dafür, nur mit den Händen funktioniert das nicht“, meinte Sarah.

Sie rappelte sich auf und lief in die Küche. Ich setzte mich zur Entlastung meiner Knie mit Schwung auf meinen Allerwertesten und zog meine Knie unter mir weg. Und in diesem Moment geschah es. Die Holzbohlen, auf denen ich saß, sackten unter mir weg. Ich rutschte hinab.

„Sarah, komm schnell, ich habe es gefunden“, rief ich. Und dann schlug ich unsanft auf dem Boden auf, während sich über mir der Schacht schloss. „Sarah“, schrie ich. Und noch einmal: „Sarah, hier, ich habe es!“

Aber ich hörte keine Antwort. Es war, als wäre ich vom Erdboden verschluckt worden, kein Geräusch drang an meine Ohren, und es war dunkel. Ich hatte mir weh getan durch den unerwarteten Sturz, den ich nicht abgefedert hatte. Mein Hinterteil war auf etwas gelandet, was ganz und gar nicht eben war.

Ich fasste unter mich und bekam etwas Metallenes zu fassen. Es stellte sich als Taschenlampe heraus, als ich es befingerte. Als eine Taschenlampe, die mit einer noch funktionierenden Batterie ausgestattet war.

„Moment mal“, unterbricht mich Maik. „Ich habe dich richtig verstanden, du bist in den Schacht gerutscht, und das Ding hat sich wie von Zauberhand über dir geschlossen?“

„Genauso war es. Und es war dunkel. Ich sah zwar in einiger Entfernung ein wenig Licht, aber vorn am Gang gab es kein Licht. Dafür saß ich auf einer Taschenlampe.“

„Weiter.“ Maik lehnt sich zurück in dem Stuhl. Er macht sich die ganze Zeit Notizen, ich hoffe, er kann sein Gekritzel hinterher noch lesen.

Unter der Erde

Ich schaltete die Lampe an. Der Lichtstrahl fiel auf eine lehmbraune Erdschicht. Ein Gang, so wie wir es vermutet hatten. Wohin führte dieser Gang? Und wie kam ich hier wieder raus? Ich musste Sarah Bescheid sagen. Also leuchtete ich mit der Lampe über mich. Doch da war weder ein schwacher Lichtschein noch irgendein Griff zu sehen, mit dem ich die Falltür öffnen konnte. Meine Position war nicht gerade gemütlich. Ich konnte nur gebückt stehen, so dass das Betrachten der Decke nicht gerade einfach war. Ich versuchte, gegen die Decke zu bummern, die offensichtlich aus Holzbohlen bestand, aber das Holz gab keine Resonanz von sich, ich riss mir nur einen Splitter ein. Verdammt, und nun?

Sarah würde außer sich sein vor Angst. Okay, das waren wir beiden in den letzten Tagen ohnehin gewesen. Aber zu zweit konnte man wenigstens noch miteinander über die Angst reden. Sie würde die Falltür finden, hoffte ich, genauso wie ich sie durch Zufall gefunden hatte. Es war sinnlos, hier zu warten, ich würde schauen, wohin der Gang führte. Wahrscheinlich waren Jennifer und Maria bereits den gleichen Weg gegangen. Ich musste sie finden.

Aber Sarah ist jetzt ganz allein in dem unheimlichen Haus, flüsterte mir meine innere Stimme zu. *Sarah ist alt genug, um für sich selbst zu sorgen. Entweder sie findet den Gang, oder jemand, der durch diesen Schacht kommt, findet sie*, beruhigte ich mich.

Mit rundem Rücken lief ich den niedrigen Gang entlang. Er war sehr schmal, ab und zu von einem Stück Holz abgestützt. Mein Herz pochte so laut, dass ich es selbst hören konnte. Wie lange hatte wohl jemand an so einem unterirdischen Gang gearbeitet? War es das Werk vieler Generationen, oder war ein einziger Hirte so verliebt gewesen, dass er diese Mammutaufgabe allein bewältigt hatte? Auf der Erde sah ich ab und zu einzelne Fellstücke liegen. Tote Tiere oder Abfall einer Verkleidung?

Nach ungefähr hundert Metern gab es etwas Leuchtendes an der Decke, vielleicht ein batteriebetriebenes Kellerlicht. Ich vermutete, dass man bewusst kein Licht in der Nähe des Ausstiegs angebracht hatte, damit man von oben keinen Lichtschein sah. Ich richtete die Taschenlampe in die Ferne. Da hinten lag etwas. Ich pirschte mich ein wenig langsamer an den dunklen Haufen auf der Erde heran.

Es war eiskalt in dem Tunnel, kein Wunder, ich war bestimmt nicht nur unter einer dicken Schneedecke, sondern auch ein paar Meter unter dem Erdboden. Ich war so verängstigt, dass ich gar nicht merkte, wie ich vor

Kälte zitterte. Trotz der Kälte roch es nach Moder und Verwesung. Der Gestank war widerlich. Natürlich, hier waren Tiere verendet.

Als ich näher kam, sah ich, dass der dunkle Haufen von Fell bedeckt war. Ein totes Tier? Meine Nackenhaare sträubten sich, ich bekam Gänsehaut am ganzen Körper und schüttelte mich. Mit der Taschenlampe versuchte ich dem toten Tier ins Gesicht zu leuchten.

Eine zahnlose, alte Frau grinste mich blicklos an, ihr leichenblasses Gesicht war blutüberströmt. Das war kein totes Tier, das war ein Ungeheuer! Ungeheuer? Nico! Es gibt keine Ungeheuer. Das war ein Mensch in einer Maske. Wer war das?

Mein Magen zog sich zusammen, mein Herz raste. Ich musste mich überwinden, musste Gewissheit haben. Ich war mir sicher, dass ich jemanden unter der Maske finden würde, den ich kannte. Und dann hörte ich es, das Stöhnen unter der Maske. Ganz schwach nur, aber eindeutig ein Lebenszeichen. Die Hexe lebte. Die Hexe? Die Maske sah so aus, wie Maria die Hullefraans beschrieben hatte. Mit einer Hand leuchtete ich dem Fellknäuel in die grinsende Visage, mit der anderen zog ich diese Visage weg von dem Fellhaufen. Darunter kam eine lange Nase zum Vorschein, und aus dieser Nase kam ein Schnaufen.

Ich musste mich vor Erleichterung hinsetzen, weil meine Beine versagten. Es war nicht Maria, und es war auch nicht Jennifer. Die Frau unter der Maske war Brigitte, Marias Schwester. Wie kam sie hierher? In dieser schaurigen Verkleidung?

Innerhalb von einer Zehntelsekunde stand das Drama

vor meinem geistigen Auge. Natürlich. Thomas und Brigitte. Sie hatten verhindern wollen, dass Sarah hier das geerbte Hotel weiter betrieb. Sie wollten Sarah aus dem Dorf vertreiben und Maria gleich mit. Für immer. Was lag da näher, als Sarah und ihre Gäste zu Tode zu erschrecken. Man sorgt dafür, dass der Strom ausfällt, man sorgt dafür, dass sie keine Hilfe haben, man sorgt dafür, dass sie nicht mehr wegkommen aus dem Haus. Und nachts schleicht sich Brigitte in das Haus und erschreckt mit der Maske aus ihrem Heimatdorf Sarah und ihre Gäste.

Was für ein perfider Plan. Aber einer, der durchaus funktioniert hat. Hatte, bis Maria sich auf die Suche nach Jennifer machte. Vielleicht hatte Maria Brigitte verfolgt und niedergeschlagen. Oder war Brigitte gestolpert? Warum hatte niemand Hilfe geholt? Denn wenn Brigitte hier in dem Gang war, hieß das, dass es irgendwo einen frei zugänglichen Ausgang geben musste.

„Frau Illner“, flüsterte ich, „können Sie mich hören?“

Wenn die Frau sich nichts gebrochen hatte, dann hatte sie sich zumindest eine Lungenentzündung geholt, so eiskalt, wie es hier unten war. Brigittes Augenlider flackerten.

„Ja“, wimmerte sie. „Ich kann nicht aufstehen.“

„Ich hole Hilfe!“, sagte ich. Und in dem Moment hörte ich es. Es war nur ein leises Tapsen. Oder war es ein Rascheln? Aber da war etwas. Ratten? Natürlich Ratten, Nico, was dachtest du, was es hier unten gibt. Wie eklig.

Das Tapsen kam näher, und plötzlich sah ich einen sich bewegenden Lichtschein an der Wand. Der Gang schien in einer Krümmung zu laufen. Schnell löschte ich meine

Taschenlampe und trat instinktiv auf allen vieren den Rückzug an. Mir blieb nichts anderes übrig, als mich auf den Schutz der Dunkelheit zu verlassen, solange ich nicht wusste, wer da kam. Ich drehte mich um und sah das Licht einer Taschenlampe, das sich schaukelnd auf Brigitte zu bewegte. Leise drehte ich mich und legte mich flach auf den Boden, so dass ich beobachten konnte, was dort vorn geschah.

„Ha, du lebst, du elendes Miststück." Wer war das denn? „Jetzt liegst du auch mal mit der Schnauze im Dreck, das geschieht dir ganz recht, du miese Fotze, du."

Eine Frau. Maria? Im Schein der Taschenlampe sah ich nur eine überdimensionale, Schatten werfende Nase. Ich fasste es nicht, die Frau trat mit aller Gewalt gegen den am Boden liegenden Körper.

„Weißt du, wie es ist, immer zuschauen zu müssen? Nein, du hast keine Ahnung, wie das ist, das kleine, hübsche Mädchen, das von allen verwöhnt wird. Ist sie nicht niedlich, die Kleine? Ich hasse dich, ich hasse dich, ich hasse dich! Vaters kleiner Liebling. Mich hat er nicht einmal angesehen. Ich war ja nur der Bastard. Dein ganzes elendiges Leben lang hast du mir alles, was ich geliebt habe, weggenommen. Alles. Du musstest ja alles haben, und es hat dich nur ein Lächeln gekostet, damit du es gekriegt hast. Quatsch, du hast alles gekriegt, weil du die Beine breitgemacht hast, du Hure! Deiner Schwester den Mann wegzunehmen! Mit fünfzehn, du bist das verdorbene Blut, nicht ich, du bist der Straßenköter, die Dahergelaufene!"

Dabei trat sie Brigitte immer wieder in den Bauch. Hör

auf, Maria, du bringst sie ja um, wollte ich schreien, aber mir blieb der Schrei im Halse stecken, als ich sah, wie Maria auf die Knie ging und mit der Taschenlampe ausholte und Brigitte einen Schlag auf den Kopf versetzte. Das Geräusch werde ich in meinem Leben nie vergessen: Ich hörte, wie Brigittes Schädel splitterte. Maria hatte nur ein irres Lachen übrig.

„Schlaf gut, Schwesterlein. Abgerechnet wird unter dem Strich. Wer ist jetzt die Pechmarie?" Und wieder sauste ihre Taschenlampe auf Brigittes Kopf. Das alles war das Werk von Sekunden gewesen, Sekunden, in denen ich wie paralysiert im Erdboden versunken war.

Ich kniff die Augen zusammen, das war so unvorstellbar grausam, in was für einem Albtraum war ich da gerade gelandet? Wie konnte Maria nur so etwas Entsetzliches tun? Wie im Rausch schlug sie auf den leblosen Körper auf dem Boden ein. Wie viel Hass musste sich da aufgestaut haben, der sich jetzt in ihren Schlägen entlud.

Was sollte ich tun, was konnte ich tun? Maria war im Blutrausch. Wenn ich mich zu erkennen gab, würde sie in ihrer unbändigen Wut womöglich auch auf mich losgehen. Schließlich war ich Zeugin. Brigitte konnte ich nicht mehr helfen, da war ich mir sicher. Hätte ich Brigitte vorher helfen können? Hätte ich Maria Einhalt gebieten können? Diese Frage werde ich mir wohl für den Rest meines Lebens stellen.

Aber was war das? Ich sah noch einen Lichtschein an der kleinen Kurve in dem Gang hinter Maria aufleuchten. Da kam jemand. Und richtig, ich hörte eine Männerstimme. „Ulrike!"

Maria hielt inne und drehte sich um. Ich sah nicht, wer gekommen war. Es war ein Mann. „Da ist sie, deine kleine Hure!“, schrie Maria. „Schaff sie hier raus!“

„Was hast du getan? Du bist ja vollkommen wahnsinnig!“, rief der Mann und hielt die Frau fest. Thomas?

Maria wehrte sich mit Händen und Füßen, was sicher gar nicht so einfach war, denn sowohl sie als auch Thomas waren größer, als der Gang hoch war. Thomas rang sie irgendwie nieder und schaute nach Brigitte.

„Du hast sie erschlagen. Bist du jetzt total verrückt geworden, Ulrike?“

Ulrike? Die Frau war nicht Maria? Wer war Ulrike?

Die Linnemann, natürlich, Ulrike Linnemann. Aber sie hatte Brigitte doch als Schwester bezeichnet?

Ich konnte meine Gedanken gar nicht so schnell sortieren, wie sie mir durch den Kopf schossen. Wo war Maria? Und wie kam ich hier heraus? Ich war Zeugin eines Mordes geworden. Obwohl es in meinem Kopf zuging wie auf einem Autobahnkreuz, sah ich, wie Thomas auf Ulrike hockte.

„Geschieht ihr ganz recht. Ich habe dich so geliebt, aber du hattest nur Augen für diese Lolita!“, schrie sie unter ihm. „Ich habe immer nur die Abfälle bekommen, und meine Schwestern haben die Ernte eingefahren. Immer und immer wieder. Es wurde Zeit, dass ich ihnen das Handwerk lege. Sie durften deine Kinder kriegen, ich nicht.“

„Ulrike, du Monster! Du hast meine Frau getötet! Seit wann ist Brigitte deine Schwester? Du bist doch total durchgeknallt!“

„Siehst du nicht meine Nase? Natürlich sind Brigitte und Maria meine Schwestern. Den beiden wurde alles vorn und hinten reingestopft. Sie waren ja die Kinder der Ehefrau. Aber meine Mutter hat er geliebt, ihr Vater. Und nur meine Mutter. Sein ganzes Leben lang war sie ihm treu, nur mich wollte er nicht anerkennen. ‚Sonst verliere ich das Land.' Das waren seine Worte. Es ging nur um Geld, das hat er zugegeben. Geld, das jetzt die beiden Mädchen haben. Dabei ist es auch mein Geld, mein Geld. Ich hätte auch erben müssen! Ich werde mein Erbe einklagen!"

„Ulrike, hör auf zu spinnen!", sagte Thomas.

Aber sie ließ sich nicht stoppen. „Brigitte durfte dein Kind bekommen, dabei war sie doch erst fünfzehn. Mich hast du gezwungen, unser Kind wegzumachen, weißt du noch? Ich habe danach nie mehr ein Kind bekommen können. Du und meine Schwestern, ihr habt mein Leben zerstört!"

Was ich dann sah, nahm mir die Luft zum Atmen. Im unheimlichen Schein der Funzeln, die den mittleren Gang spärlich beleuchteten, und zweier Taschenlampen, die das Gesicht von Thomas von unten gespenstisch anstrahlten, drückte Thomas Ulrike wortlos die Kehle zu. Ich hörte ihre letzten, röchelnden Atemzüge.

„Halt!" Bis dahin hat Maik mich erzählen lassen. Ich halte erschreckt inne.

„Das war jetzt ein bisschen viel auf einmal. Schauen wir mal, ob ich das richtig verstanden habe: Thomas hat Ulrike Linnemann erdrosselt. Sie war nicht nur die Halbschwester seiner Frau Brigitte und seiner Exfrau Maria, sondern auch seine ehemalige Geliebte. Puh!“ Maik sieht mich fragend an.

Ich nicke. „Genauso war es.“

„Und diese Ulrike Linnemann hat vorher seine Frau Brigitte ermordet. Also ihre Halbschwester.“

„Ja.“

„Wie sicher bist du dir, dass Brigitte noch gelebt hat, bevor Ulrike sie malträtiert hat?“

„Sehr sicher, ich habe ja mit ihr gesprochen!“

„Und du bist dir ganz sicher, dass Thomas Ulrike nicht davon abhalten wollte, seiner Frau etwas anzutun?“

„Maik, der Kerl hat Ulrike kaltblütig umgebracht, nachdem seine Ehefrau nicht mehr lebte.“

„Und das konntest du aus der Entfernung und im Dunklen beurteilen?“

„Meinst du, ich spinne?“ Ich bin fast ein bisschen sauer.

„Nein, aber du musst da schon unter Schock gestanden haben. Erst verschwindet Jennifer, dann Maria, dann fällst du in einen Schacht, triffst auf eine verletzte Frau und wirst schließlich Zeugin, wie diese Frau umgebracht wird.“

„Ich weiß nicht, ob ich unter Schock stand, ich war wie paralysiert.“

„Das solltest du genauso der Polizei sagen: Dass du dich vor Schreck und Angst nicht bewegen konntest“, empfiehlt er mir.

„Werden sie mir glauben, wenn du mir schon nicht glaubst?“, frage ich. Ich habe Angst.

„Es ist egal, ob sie dir glauben, dass du zwei Morde beobachtet hast. Wichtig ist, sie glauben dir, dass du unter Schock gestanden hast. Man nennt das akute Belastungsstörung. Sonst könnte man dir unterlassene Hilfeleistung unterstellen."

„Die Frage, die ich mir immer noch stelle, ist: Warum hat Thomas Ulrike erdrosselt?"

„Vielleicht, weil sie angedroht hat, ihre Erbschaft einzuklagen?", schlägt Maik vor. „Oder weil sie behaupten könnte, dass Thomas ihr Leben zerstört hat?"

„Vielleicht wollte er verschleiern, dass Brigitte und er uns tagelang tyrannisiert hatten? Denn irgendwie müsste er ja den Tod seiner Frau erklären."

„Das rechtfertigt aber keinen Totschlag", wirft Maik ein.

„Vielleicht tickt er einfach nicht mehr ganz sauber?"

„Das weiß ich noch nicht, aber das kriegen wir raus. Mach doch erst mal weiter", empfiehlt mir Maik.

Ich habe mir auf die Lippen gebissen, um nicht vor Entsetzen zu schreien. Jetzt war ich schon Zeugin zweier Morde innerhalb kürzester Zeit geworden. War das ein Albtraum oder war das real? Klar habe ich an meiner Wahrnehmung gezweifelt. Aber ich hatte auch Angst. Was wäre, wenn Thomas mich hier entdecken würde?

Schnell überschlug ich meine Chancen. Würde Thomas am helllichten Tag auf Sarahs Hof kommen? Wohl kaum. Er würde also zurück ins Hirtenhaus gehen. Wenn er mich in der diffusen Dunkelheit nicht bemerkte, könnte ich ihm entkommen. Und was war mit Maria und Jennifer? Wo waren die beiden? Waren sie ebenfalls in Gefahr?

Hatte Ulrike sie womöglich bereits vorher umgebracht? Die Frau war eindeutig verrückt gewesen.

Thomas zog sich mühsam von Ulrikes leblosem Körper hoch. Er leuchtete erst Brigitte, dann Ulrike ins Gesicht. Offensichtlich war er zufrieden mit dem, was er sah. Denn er drehte sich um und verschwand in der Richtung, aus der er gekommen war.

Als das Licht seiner Taschenlampe hinter der Gangkrümmung verschwunden war, setzte ich mich wieder in die Hocke. Ich musste meinen Atem beruhigen, ich war kurz davor zu hyperventilieren. Oh Gott, was hatte ich da beobachtet?

Ich nahm die Taschenlampe, ging zurück und versuchte, einen Ausgang auf Sarahs Hof zu finden. Aber so sehr ich an allem, was vor meine Taschenlampe kam, auch ruckelte, die Decke wollte sich nicht öffnen. Mir blieb nichts anderes übrig, als es in der entgegengesetzten Richtung zu versuchen.

Ich ging also mit zitternden Knien und rasendem Puls zu den zwei leblosen Körpern auf dem Erdboden. Natürlich fühlte ich noch mal, ob sie nicht eventuell doch lebten. Ich leuchtete den beiden Frauen, Halbschwestern, wie ich jetzt verstanden hatte, ins Gesicht. Brigitte, eheliche Tochter aus Schnett, und Ulrike aus demselben Dorf, die unglückliche Tochter aus einem Verhältnis von Brigittes und Marias Vater.

Brigittes Gesicht war vollkommen zertrümmert. Was für eine Wut musste in dieser grobschlächtigen Ulrike gesteckt haben, jahrelang unterdrückte, aufgestaute Wut.

Du fragst mich, ob ich unter Schock gestanden habe?

Niemals zuvor hatte ich so etwas Grausames gesehen. Man konnte die Knochen sehen, die Ulrike zertrümmert hatte. Daneben diese entsetzliche, angsteinflößende Hulefraans-Maske, übersät mit Blut und Gehirnteilen. Diesen Anblick werde ich wohl nie in meinem Leben vergessen. Ich würgte und schaute in die blicklosen Augen dieser Ulrike.

Ich musste aus diesem Schacht raus, sonst würde ich hier zusammen mit den beiden Frauen langsam verrotten, dachte ich. Also vorwärts, Nico, redete ich mir gut zu, in der Hoffnung, dass der Gang auf der anderen Seite zum Hirtenhaus hin offen war. Ich schlich in gebückter Haltung direkt darauf zu.

Was würde mich im Hirtenhaus erwarten? Wurden dort Maria und Jennifer festgehalten? Und wo war Ulrikes Ehemann? Sarah hatte doch erzählt, dass das Ehepaar ihr Haus bestellte und jetzt in den Urlaub gefahren wäre. Das mit dem Urlaub war offenkundig eine Lüge. Oder war der Ehemann alleine irgendwohin in den Urlaub gefahren, ohne seine durchgeknallte Ehefrau? Wenn nicht, würde er sich bestimmt bald auf die Suche nach ihr machen. Oder wusste er gar nicht, was die Frau hier unterirdisch trieb?

In gebückter Haltung schlich ich vorwärts. Nach der Kurve leuchtete ich mit der Taschenlampe nach vorn. Der Gang war kürzer, als ich vermutet hatte. Am Ende des Ganges war ein Licht – das Licht am Ende des Tunnels oder das Tor zur nächsten Hölle?

Vorsichtig pirschte ich mich an die Öffnung in der Tunneldecke heran. Gott sei Dank, Thomas hatte die Luke offen gelassen.

Wo war Thomas Illner? Was machte er jetzt? Kaltblütig hatte er Ulrike ermordet – er war derjenige, vor dem ich Angst haben musste. Was hatte er vor? Wollte er seine Frau und seine Schwägerin hier unten liegen lassen, so lange, bis sie zu Staub zerfielen? Oder war er auf dem Weg nach draußen, um Hilfe zu holen? Nein, er würde keine Hilfe holen, er hatte Ulrike eigenhändig erwürgt. An seiner Stelle würde ich meine Frau einfach als vermisst melden. Niemand würde sie finden, wer wusste schon von diesem unterirdischen Tunnel ... Wahrscheinlich nur die Familie der Illners. Und die Linnemanns. Also zwei Begräbnisse erster Klasse.

Im Hirtenhaus

An dieser Seite des Ganges führte eine Leiter aus der geöffneten Falltür herunter. Gab es so eine Leiter auf der anderen Seite auch? Ich hatte keine gesehen und begriff immer noch nicht, wie dieser Mechanismus funktionierte, aber das spielte jetzt auch keine Rolle. Ich musste aus diesem Gang raus und sehen, was mich im Hirtenhaus erwarten würde.

Wieso hatte Thomas den Fußboden nicht geschlossen? Oder wusste er nicht, wie man das Ding schloss? Das wäre eine Erklärung. Oder er war noch nicht fertig? Das wäre eine bessere Erklärung. War er noch hier im Haus?

Vorsichtig stieg ich die kurze Leiter hinauf und fand mich in einer Diele wieder. Das Haus war viel kleiner als das Wohnhaus auf Sarahs Hof, wenn ich mich richtig entsann. Es war winzig. Und dann hörte ich, wie sie einander anschrien.

„Deine Frau hat Brigitte umgebracht, die Alte ist total durchgedreht. Komplett verrückt.“ Das war Thomas. Ganz offensichtlich. Und der andere musste wohl Herr Linnemann sein, den ich noch nie gesehen hatte: „Ich habe ja immer schon gesagt, eure Ränkespiele bringen nur Unglück. Euch, nicht der Sarah.“ Die Stimmen kamen aus dem Obergeschoss.

„Und du glaubst auch an den Weihnachtsmann, was?“

„Die Rache von Frau Holle ist euch gewiss!“, sagte die andere Männerstimme.

„Du bist ja genauso durchgeknallt wie deine Alte!“, schrie Thomas. „Hast du eigentlich gehört, was ich gesagt habe? Ulrike hat Brigitte umgebracht!“

„Nein, hat sie nicht. Das war die andere.“

„Oh doch, deine bescheuerte Alte hat meine Frau umgebracht, ich bin dazu gekommen, wie sie sie erschlagen hat. Ruprecht, Brigitte ist tot, verstehst du mich? Deine Frau ist eine Mörderin! Ich habe versucht, sie davon abzuhalten, aber es war zu spät.“

„Die Pechmarie, die Pechmarie!“

„Ruprecht, komm zu dir, da unten im Schacht liegt deine Frau neben der Leiche meiner Frau. Wir müssen etwas tun.“

„Goldmarie und Pechmarie. Einträchtig beieinander!“, sagte Linnemann und lachte ein unheimliches, hohes Lachen.

„Du glaubst mir wohl nicht? Deine Alte liegt auf der Erde und wimmert vor Scherzen. An deiner Stelle würde ich sie da ja liegen lassen, dann bist du die Hexe für immer los. Außer uns kennt niemand diesem Gang. Ist ein prima Friedhof", sagte Thomas.

„Die Pechmarie, die Pechmarie." Linnemann war in einen irren Singsang verfallen.

„Wehe, du sagst ein Wort über unsere Abmachungen. Wessen Brot ich ess, dessen Lied ich sing, denk dran!"

„Hau einfach ab, verpiss dich!", rief Linnemann.

Ich musste hier raus, sonst würde die Luke für immer geschlossen werden, dessen war ich mir jetzt sicher.

Ich schaute mich um. Gab es irgendwo eine Möglichkeit, sich zu verstecken? Ich sah eine Tür gegenüber der Treppe. Auf Zehenspitzen schlich ich dorthin und drückte leise die Klinke herunter. Verdammt, die Tür quietschte. Ich öffnete sie einen Spalt und lugte hindurch. Es war ein Arbeitsraum, in dem viele Werkzeuge herumlagen. Ich schlüpfte hinein, gerade noch rechtzeitig, denn man hörte jetzt ein Poltern auf der Treppe. Thomas stürmte offensichtlich hinab. Ich lugte durch den Spalt in der Tür. Er würdigte die offene Luke keines Blickes, nahm das Telefon, das in der Diele stand, zog mit Gewalt an der Schnur und knallte den Apparat an die Wand. Dann verließ er das Haus, indem er die Haustür zuknallte.

Fast zeitgleich hörte ich schnelle Schritte auf der Treppe. Herr Linnemann stieg hinab in die Diele, ich sah von ihm nur graue Jogginghosen. Na klar, er würde sofort nach seiner Frau in dem Schacht sehen. Würde Thomas zurückkommen und ihn dort unten einschließen? Das machte eigentlich keinen Sinn, denn Herr Linnemann kannte ja wahrscheinlich den Mechanismus, mit dem man den Schacht öffnen könnte. Oder würde Thomas etwas holen, um den Schacht zu verriegeln?

Ich hörte, wie draußen ein Auto wegfuhr. War die Straße hier etwa geräumt? Ging das, die Straße führte doch an Sarahs Hof vorbei? Nein, halt, die Straße endete hinter dem Hirtenhaus. Vom Haus weg führte ein Forstweg durch den Wald. Hatte man diesen Waldweg festgewalzt, so dass man darüberfahren konnte? Wahrscheinlich hatten die hier alle Allradantrieb.

„Die landwirtschaftlichen Maschinen parken bei den Linnemanns." Hatte Sarah nicht so etwas gesagt? Die Linnemanns hatten sich also selbst befreien können, indem sie einfach mit dem Traktor durch den tiefen Wald gefahren waren.

Waren Maria und Jennifer auf diesem Weg entkommen? Und wenn ja, warum hatten sie keine Hilfe geholt? Das war unlogisch. Sehr unlogisch.

Ich sah, wie Linnemann in die Luke stieg. Es würde nicht mehr lange dauern, bis er die Leiche seiner Frau finden würde. Und dann? Er würde die Polizei rufen. Oder? Nein, konnte er nicht, Thomas hatte das Telefon zerstört.

Was sollte ich tun? Rauslaufen und Hilfe holen? Ich hatte nur die Filzlatschen an und den Norwegerpullover. Zudem hatte ich keine Ahnung, wie weit der Weg ins Dorf sein würde, aber mit halbnackten Füßen durch diese Schneeberge, das hielt man nicht lange durch. Dem Mann in den Schacht folgen und ihn bitten, mich auf Sarahs Hof rauszulassen? Ich hatte keine Ahnung, wie Herr Linnemann tickte. Er schien mir auch äußerst seltsam zu sein, aber wer wäre das nicht in einer solchen Situation.

Also schauen, ob ich irgendwelche Stiefel von Frau Linnemann fand und einen Mantel, damit ich durch den Wald abhauen und Hilfe holen konnte.

Ich schlich zurück in die Diele. Hier standen zwar keine Schuhe, dafür hingen dort einige dicke Mäntel. Wahrscheinlich trockneten sie die Schuhe an den Öfen, folgerte ich und öffnete eine weitere Tür.

Und da sah ich sie. Puppen. Überall Puppen. Keine Barbiepuppen. Sondern richtige Puppen, alte Puppen, aber auch neue. Babypuppen in rosafarbenen, gehäkelten Strampelanzügen, sie saßen auf dem Sofa und in den Kinderwagen, die im ganzen Raum verteilt waren. Puppen mit Tutus in quietschrosa Tüll, andere mit selbstgestrickten Pullovern in allen Rosaschattierungen, die man sich vorstellen konnte.

Liebe Güte, die Frau musste einen Babytick gehabt haben. Die Puppen sahen fast lebensecht aus, trugen Mützchen mit und ohne Zipfelchen. Inmitten dieser Babystation saß auf dem Sofa: Jennifer. Sie hatte die Augen geschlossen. Mit einem Satz war ich bei ihr.

„Jenny?“, flüsterte ich.

Sie regte sich nicht. Ich fasste ihre Haut an. Sie war warm. Jennifer lebte.

„Hallo, Jennifer!“ Ich schüttelte sie. Sie hörte mich nicht, aber sie kippte vornüber. Und dann sah ich, dass sie gefesselt war, sowohl an den Händen als auch an den Beinen.

War Maria auch hier?

Ich schaute mich um: Maria lehnte neben dem Ofen, direkt hinter der Tür. Deshalb hatte ich sie nicht sofort gesehen. Sie war verschnürt wie ein Postpaket. Wieso war sie so verschnürt? Es sah so aus, als wäre sie hier in der Ecke abgestellt worden, um ihre eigene Tochter zu beobachten. Allerdings waren ihre Augen ebenso fest verschlossen wie Jennifers.

Ich stupste sie an: „Maria!“

Sie bewegte sich nicht. Auch ihre Haut war warm. Vom Ofen? War das nicht ein fast unmerkliches Heben und Senken? Ich öffnete ihre Lider, war mir aber nicht sicher, was mir der Anblick sagen sollte. Ich hielt die Hand über ihre Nase. Verspürte ich da einen leisen Lufthauch? Glaubte ich es nur, weil ich es glauben wollte, oder lebten die beiden noch? Wenn sie lebten, so waren sie zumindest betäubt worden. Sehr, sehr kräftig betäubt worden.

In dem Moment hörte ich draußen ein Geräusch. Schnell huschte ich hinter das Sofa und duckte mich. Keine Sekunde zu früh, denn in diesem Moment ging die Tür auf. Diesmal konnte ich nicht durch eine Luke linsen, ich blieb in Deckung.

Aus den Geräuschen schloss ich, was dort passierte. Jemand schleifte eine der beiden Frauen ächzend durch die geöffnete Tür. Wahrscheinlich Herr Linnemann, mutmaßte ich, denn ich hatte Thomas nicht wiederkommen gehört. Als das schleifende Geräusch sich ein wenig entfernt hatte, kam ich aus meiner Deckung. Tatsächlich, Maria war weg, Jennifer lag auf dem Boden. Draußen hörte man es rumpeln. Verdammt, der wirft Maria in den Schacht, schoss es mir durch den Kopf. Natürlich würde der jetzt auch noch Jennifer holen und dann den Schacht schließen, wie Thomas ihm geraten hatte, für immer und ewig. Das machte Sinn, oder?

Ich schaue Maik an. Der wiegt den Kopf. „Macht an dieser Sache überhaupt etwas Sinn?"

„Die Frage, die ich mir stellte, war, wer außer Thomas und den Linnemanns den Schacht kannte. Maria und Jennifer, denn anders konnten sie nicht in dieses Haus gelangt sein. Also mussten die beiden verschwinden, wenn Herr Linnemann seine Frau und Brigitte verrotten lassen wollte", erkläre ich.

„Linnemann hat bis jetzt noch niemanden umgebracht. Du bist so geschockt gewesen, dass du jedem eine Mordabsicht unterstellt hast", sagt Maik.

„Stimmt. Ich hatte keine Ahnung, wer die beiden Frauen gefesselt und betäubt hat. War er es? Oder seine Frau? Wer hatte Brigitte zuerst niedergeschlagen? Er oder sie? Es gab gar keinen Grund, Brigitte niederzuschlagen, denn, so wie es sich angehört hatte, standen die Linnemanns bei den Illners in Lohn und Brot. Oder hat Maria die Frau mit der Maske niedergeschlagen oder gar Jennifer?"

„Es gab ja offensichtlich einen Grund, dass Ulrike ihre Halbschwester totgeschlagen hat. Insofern ist es auch egal, wer sie zuerst niedergeschlagen hat. Vielleicht werden wir das nie erfahren", sagt Maik.

„Maria erschien mir in diesem Moment am wahrscheinlichsten. Maria könnte Brigitte verfolgt und niedergeschlagen haben, war in dieses Haus gekommen und wurde von Frau Linnemann gefunden, gefesselt und betäubt. Ebenso wie Jenny. So wurde ein Schuh draus."

„Aber warum haben die Linnemanns Maria und Jenny betäubt? Aus dem, was du im Haus gehört hast, entnehme ich, dass die Linnemanns von den Illners beauftragt wurden, euch zu tyrannisieren. Und Brigitte Illner hat sich offensichtlich an dem Spiel beteiligt, ob einmal oder öfter, wissen wir nicht. Hatten sie Angst vor Entdeckung?"

„Nein, das hätten sie alles auf die Illners schieben können. Ulrike Linnemann hatte offensichtlich das Gefühl, im Leben zu kurz gekommen zu sein. Ihr Hass richtete sich gegen ihre Halbschwestern, die nicht einmal ahnten, dass sie noch eine Schwester vor sich hatten. Nach dem, was ich im Schacht gehört habe, war sie wohl einmal selbst von Thomas schwanger gewesen, und der hat sie zu einer Abtreibung gedrängt. Dabei ist womöglich etwas schiefgegangen, jedenfalls ist sie nie wieder schwanger geworden. Kann auch sein, dass ihr Mann zeugungsunfähig war. Auf jeden Fall hat Ulrike einen Babytick entwickelt, und ihr Mann muss eifrig mitgemacht haben."

„So wie du das Zimmer und das Sofa mit Jennifer beschrieben hast, würde ich dir recht geben. Ich könnte mir vorstellen, dass sie nun ihre Stunde gekommen sah, sich für all das vermeintliche Übel, das ihre Schwestern ihr gebracht haben, zu rächen. Dafür musste sie ihre Schwestern umbringen. Vielleicht wollte sie Jenny behalten und ihr Babymützchen häkeln. Man weiß nie, was in den Köpfen von Menschen vor sich geht, die psychisch krank sind. Und das scheint mir bei Frau Linnemann gegeben."

Maik hat natürlich recht.

„Ja", sage ich, „das klingt einleuchtend. Aber Ulrike ist tot. Die Frage, die ich mir angesichts von Maria und Jenny im Puppenland stellte, war: Was macht jetzt Herr Linnemann?"

„Du warst so panisch, dass du nicht klar denken konntest, schon vergessen?“ Maik erinnert mich daran, was ich gefälligst bei der Polizei auszusagen habe.

„Okay, also: In meiner Panik sagte ich mir, wenn Linnemann jetzt Maria und Jennifer in den Schacht verschleppte, damit sie dort unten ohne Hilfe krepierten, wäre er auf immer und ewig Thomas Illner ausgeliefert. Wenn der Mann auch nur die Intelligenz eines Meerschweinchens besaß, würde er die Frauen woanders entsorgen. Oder hatte sich die Intelligenz hinter den sieben Bergen irgendwie vermendelt in den letzten Jahrhunderten? Nein, die Menschen, die ich bisher hier getroffen hatte, kamen mir nicht dümmer vor als die bei uns in Berlin.“

„Das sagst du bitte auch nicht der Polizei, versprochen?“

„Versprochen. Ich spekulierte also in meiner Panik, dass er vielleicht Maria und Jennifer zurück zu Sarahs Hof bringen wollte? Machte das Sinn, nein, noch weniger, denn die beiden würden reden, wenn sie überlebten. Er musste also dafür sorgen, dass sie nicht überlebten. Ich dachte nach. Er könnte zum Beispiel dafür sorgen, dass sie erfroren. Im Schnee. Das wäre glaubhaft und würde nicht zu ihm zurückverfolgt werden können. Er müsste sie nur in den Wald hinter dem Haus bringen. Aber das würde Spuren hinterlassen, die man zu ihm zurückverfolgen konnte. Also würde er den Schacht schließen und die beiden Frauen über den Tunnel auf Sarahs Hof bringen. Denn wenn sie erfroren, dann bitte schön dort, woher sie gekommen waren.“

„Du denkst mir ein bisschen zu viel, Nicoschka. Sie waren in Gefahr, und du hast in deiner Panik überlegt, wie du deinen Freundinnen helfen konntest, für die Spekulationen ist die Polizei zuständig. Denn ganz so logisch, wie du dir das überlegt hast, ist das keineswegs. Linnemann musste auf Sarahs Hof ja noch mit dir und Sarah rechnen."

Ich nicke. „Ja, und das fiel mir dann auch siedend heiß ein."

Sarah! Ich musste zu Sarah, denn ihr drohte jetzt die größte Gefahr. Sowohl von dem Linnemann als auch von Thomas. Sie war allein auf dem Hof.

Was konnte ich tun? Durch den Wald verschwinden und Hilfe holen! In dem Moment betrat der Mann wieder das Wohnzimmer und holte Jennifer. Und jetzt?

Während ich weiter hinter dem Sofa kauerte, hörte ich erneut ein Plumpsen aus der Diele. Er hatte die verschnürte Jennifer in den Tunnel geworfen. Dann hörte ich, wie er die Tür gegenüber öffnete, ich erkannte das Quietschen. Der Mann holte Werkzeug, folgerte ich. Schnell lief ich zur Wohnzimmertür und öffnete sie leise einen Spalt. Ich sah, wie er mit einem Messer und einer Axt das Zimmer verließ. In der Diele stieg er in einen dicken, durchgängigen Schneeanzug, streifte sich Handschuhe über und stieg dann mit den Werkzeugen in den Schacht. Der Mann hatte eindeutig nicht vor, von hier nach draußen zu verschwinden. Der wollte, wie ich schon vermutet hatte, Maria und Jennifer über den Hof von Sarah entsorgen.

Ich musste hinterher und den Frauen irgendwie helfen. Es war keine Zeit mehr, woanders Hilfe zu holen, das würde unter Umständen Stunden dauern.

„Wieso?“, fragt Maik. „Wieso bist du nicht über den Forstweg abgehauen? Du hattest doch ursprünglich vor, Schuhe von Ulrike anzuziehen und dann durch den Wald zu laufen.“

„Ich hatte keine Ahnung, wie weit es zum nächsten Dorf war. Ich bin nur einmal in der Nacht über diesen Weg zu Sarahs Hof gekommen, damals, in der ersten Nacht, und ich hatte vage in Erinnerung, dass die Fahrt zwischen Dorf und Hof ziemlich lange gedauert hatte.“

„Okay, das ist verständlich. Außerdem warst du in Panik Weiter.“ Maik treibt mich jetzt an.

Auf Zehenspitzen ging ich in Linnemanns Werkzeugkammer und schaute, was für ein Werkzeug ich als Waffe mitnehmen konnte. Ich entschied mich für einen großen, schweren Holzhammer und ein Messer, das ich in meinen Hosenbund stecken konnte. Ich würde ein wenig warten müssen, bis ich in den Schacht steigen konnte, aber nicht zu lange, um das Leben meiner Freundinnen nicht zu gefährden.

Ich wartete in der Diele ab, ob Linnemann zurückkommen würde. Dann machte ich mich leise an den Abstieg in den Tunnel. Wo war Sarah, und was würde Linnemann mit ihr machen?

Linnemann würde sie überraschen, davon war auszugehen. Oder kauerte Sarah noch immer über den Holzbohlen und versuchte, sie zu öffnen? Ich entsann mich, wie ich durch Zufall in den sich plötzlich öffnenden Schacht gefallen war. War Sarah vielleicht auch längst im Schacht? Wie lange war ich jetzt vom Hof weg? Mir war mein

Zeitgefühl angesichts des Massakers komplett abhandengekommen.

Wenn ich jetzt darüber nachdenke, weiß ich, dass ich wohl dissoziiert haben muss. Denn ich funktionierte wie ein Uhrwerk, ohne irgendeinen Schmerz oder ein Grauen oder gar Skrupel zu empfinden. Ich hatte auch keine Angst mehr, ich war komplett gefühllos geworden.

„Das ist gut, dissoziiert gefällt mir. Bleib dabei!" sagt Maik und streichelt mir die Hand.

Mit der rechten Hand umklammerte ich den Hammer, die Taschenlampe steckte ich in den Mund, und mit der linken Hand hielt ich mich an der Leiter fest. Das Messer drückte gegen meinen Bauch. Natürlich hatte ich die Taschenlampe ausgeschaltet. Aber es drang kein Lichtschein durch den Schacht. Der Kerl musste hinter der Biegung sein. Bis dahin konnte ich mit der Taschenlampe auf den Boden leuchten, um zu sehen, wohin ich trat. Und das war gut so, denn die verschnürten Frauen lagen ganz in der Nähe der Biegung, und ich wäre garantiert über sie gefallen. Sollte ich die beiden entpacken? Sie waren ohnehin bewusstlos, es half ihnen also nicht, sie jetzt loszuschneiden.

Ich stieg also über meine Freundinnen hinweg und arbeitete mich langsam weiter vorwärts. Schritt für Schritt, wobei ich versuchte, meinen panischen Atem so weit unter Kontrolle zu halten, dass man ihn nicht bis nach Erfurt würde rasseln hören. Als ich zu der Biegung kam, schaltete ich die Taschenlampe aus.

Kein Lichtschein erhellte die Finsternis in dem Schacht. Der Kerl musste bereits auf Sarahs Hof sein. Ich knipste die Lampe wieder an und leuchtete in den Schacht. Dort lag nur noch ein Bündel. Beim Näherkommen sah ich, dass es sich um Ulrike Linnemann handelte, während von Brigitte nur noch diese grauenerregende Hullefraansmaske und ein Fellbündel auf dem Boden lagen. Er hatte Brigitte also weggeschleift. Wo wollte er mit der Toten hin?

Schnell bewegte ich mich vorwärts, ich hatte Angst, dass mir der Mann im Schacht entgegenkommen würde und es keine Möglichkeit mehr gab, mich zu verstecken. Dann hörte ich ein Stöhnen. Es war eine Frau. Waren Maria oder Jennifer wieder zu sich gekommen? Oder war das etwa meine Sarah?

Ich leuchtete mit der Lampe den Gang entlang. Ganz vorn unter dem Austritt lag etwas. Sarah? Ich rannte zu ihr. Tatsächlich, das war meine geliebte Freundin. Sie stöhnte, schien jedoch nicht bei Bewusstsein zu sein. Solange sie hier lag und atmete, war sie wohl halbwegs in Sicherheit.

Wie von Zauberhand war jetzt auch eine Leiter am Ausstieg. Schnell krabbelte ich hinauf. Die Gerätekammer war leer. Ich öffnete die Tür. Linnemann war nirgends zu sehen. Ich schaute mich in der Diele um. Auch hier sah man nichts.

Die Tür zur Küche war geöffnet. Was wollte er in der Küche? Vorsichtig pirschte ich mich heran und spähte um den Türrahmen herum. Die Tür zum Hof war ebenfalls geöffnet. Was machte der Kerl mit der toten Brigitte im Hof?

Als ich in die Küche schlüpfte, hörte ich, wie Linnemann mit schweren Schritten in dem knirschenden Schnee über den Hof lief. Schnell versteckte ich mich hinter der Wandverkleidung. Keine Sekunde zu früh, denn Linnemann betrat gerade wieder die Küche. Ohne rechts und links zu schauen ging er nur Zentimeter von mir entfernt vorbei in die Gerätekammer. Ich lief in den Hof und schaute mich um. Ich sah nichts zwischen den aufgetürmten Schneebergen. Halt! Der Brunnen! Hatte Linnemann Brigitte etwa in dem Brunnen entsorgt? Aber der war doch unten zugefroren? Und darauf lagen Berge von Schnee.

Jetzt würde er auch noch seine eigene Frau holen und hier deponieren. Warum? War der völlig durchgeknallt?

„Der Brunnen, Nicoschka, denk nach", sagt Maik. „In den Märchen und Sagen, von denen du mir berichtet hast, war der Brunnen das Tor zur Anderswelt. Frau Holle. Goldmarie und Pechmarie. Die Schwestern im Brunnen. Herr Linnemann war entweder schon immer genauso verrückt wie seine Frau, oder er war plötzlich durchgedreht. Oder er wollte ein bestimmtes Szenario nachstellen."

Mit dem Hammer in der Hand, mit dem ich mich in Linnemanns Haus bewaffnet hatte, suchte ich nach einem Versteck. Der Holzstapel neben dem Haus unter dem Dach! Ich sprintete auf dem rutschigen Boden, den wir freigeschaufelt hatten, zur Hauswand. Keine Sekunde zu früh, denn ich hörte Linnemann bereits im Haus keuchen. Und richtig, er kam rückwärts aus der Küchentür und zog seine Frau hinter sich her. Mit einem Ächzen wuchtete er Ulrikes schweren Körper über den steinernen Brunnenrand. Man hörte die Frau nicht fallen, der Schnee im Brunnen schien die Geräusche zu dämpfen. Und jetzt? Was würde er mit Sarah tun, was mit Maria und Jennifer? Ich musste ihm Einhalt gebieten, jetzt. Da sah ich, dass er direkt auf mich zukam.

Ich kauerte mich tief hinter die Holzscheite. Hatte er mich gesehen? Ich lugte durch eine Lücke zwischen den gestapelten Scheiten. Er sammelte Kohlen ein.

Kohlen? Wofür brauchte der Kerl Kohlen? Wollte er den Brunnen abfackeln? Oder den Gang ausräuchern? Quatsch, das Erste ging gar nicht, und wozu sollte er den Gang ausräuchern – und man räucherte nicht mit Kohlen aus. Oder wollte er Feuer auf dem Hof machen?

Linnemann ging zurück zum Brunnen. Er warf die Kohlen hinein, kam zurück und holte weitere Kohlen. Danach stieg er selbst über den Steinrand. Die Axt hatte er auf den Brunnenrand gelegt. Wozu brauchte er eine Axt im Brunnen? Und Kohlen? Wollte er den Schnee schmelzen lassen? Das Eis aufhacken?

„Halt!“ ruft Maik. „Welche Axt hatte er auf den Brunnenrand gelegt?“

„Ich vermute die, die er aus dem Haus mitgenommen hatte.“

„Gut, das wird man rauskriegen“, sagt Maik, „entschuldige, mach weiter.“

Ich sah, dass er in dem Brunnen verschwand, dann griff er über die Steinbrüstung und nahm die Axt. Unschlüssig wartete ich hinter meinem Holzstapel. Was sollte ich tun? Hineinschlüpfen und Sarah aus dem Tunnel herausziehen? Wenigstens Sarah, die beiden anderen Frauen waren viel zu weit weg, das Risiko, von ihm geschnappt zu werden, zu groß. Im Moment war die Luft noch rein. Das war meine Chance. Ich erhob mich und schlich so leise es eben ging in dem knirschenden Schnee zur Küchentür. Ich hörte fürchterliche Geräusche aus dem Brunnen, Linnemann schien in dem Brunnen zu wüten wie ein Berserker. Egal, die beiden Frauen konnten nicht toter werden, ich musste meine Freundinnen retten.

Schnell lief ich in die Gerätekammer.

„Halt“, ruft Maik wieder. „Du bist in die Gerätekammer gegangen. Gut. Mit oder ohne Hammer? Wo war der?“

Ich schließe die Augen und denke nach. Hatte ich den noch in der Hand? Nein. „Ich glaube, der stand noch hinter dem Holzstapel.“

„Der stand noch hinter dem Holzstapel, darüber sind wir uns jetzt einig, okay?“

„Okay“, sage ich.

Ich lief also hinein. Die Luke war immer noch geöffnet. Ich ließ mich fast die Leiter hinunterfallen. Wo war Sarah? Die Taschenlampe hatte ich hinter der Wandverkleidung in der Küche liegen lassen. Ich Idiot. Ich tappte in der Dunkelheit vorwärts und stieß mit dem Fuß gegen etwas Warmes, Weiches.

„Aua!“

Sarah! Sie lebte, sie atmete. „Psst, Sarah, ich bin’s“, flüsterte ich. „Wir müssen hier raus, schnell.“

„Ich kann mich nicht bewegen“, flüsterte sie. „Mein Bein!“

Ich versuchte, sie zur Luke zu ziehen, doch Sarah schrie. Womöglich hatte sie sich bei dem Sturz das Bein gebrochen.

„Der Linnemann ist total durchgeknallt“, sagte ich, „er hat die Leichen von Brigitte und seiner Frau Ulrike in deinen Brunnen geworfen.“

„Die Leichen? Sind die tot?“

„Ja, das erzähle ich dir später.“

„Was ist mit Mama und Jenny?“

„Die beiden leben noch, sind aber bewusstlos, sie liegen weiter hinten.“

„Kannst du mich losbinden?“, fragte Sarah. Jetzt erst begriff ich, dass Sarahs Hände hinter ihrem Rücken gefesselt waren. Wie gut, dass ich ein Messer im Hosenbund hatte. „Ich binde dich los, dann ziehe ich dich hoch.“

„Nein, lass mich hier liegen, ich kann mich nicht bewegen! Geh lieber rauf, damit du Hilfe holen kannst, falls der uns hier unten einschließt. Du musst oben bleiben, versteck dich!“

Ich überdachte, was Sarah gesagt hatte. Sie hatte recht. Solange sie so tat, als wäre sie bewusstlos und gefesselt, drohte ihr von Linnemann wohl keine unmittelbare Gefahr, jedenfalls nicht hier unten. Ich schnitt sie los und gab ihr das Messer.

Dann krabbelte ich wieder hinauf in die Gerätekammer.

Ich öffnete die Tür und huschte in die Küche. In letzter Sekunde. Denn ich sah Linnemann bereits auf dem Hof Richtung Küche wanken. Oh Gott! Wie sah der Mann bloß aus? Er war über und über mit Blut beschmiert, seine Augen leuchteten irre aus einem geschwärzten Gesicht. Hatte er sich die Kohle ins Gesicht geschmiert?

Der Mann war völlig durchgedreht, so viel stand fest. Schnell schlüpfte ich hinter die Wandverkleidung. Als er nur wenige Zentimeter neben mir vorbeiging, streifte mich ein widerlicher Geruch. Linnemann stank wie ein Puma.

Sobald er wieder in der Gerätekammer verschwunden war, rannte ich in den Hof und schaute in den Brunnen. Was ich sah, war ein See aus Blut. Was hatte der Kerl mit den toten Frauen gemacht? Ich suchte mein altes Versteck hinter dem Holzstapel auf. Und da kam er auch schon, er schleifte Maria hinter sich her. Was würde er mit ihr tun? Sie ebenfalls im Brunnen mit der Axt malträtieren? Er zog sie zum Brunnen und begann sie aus der Verschnürung zu lösen. Offensichtlich wollte er auch Maria in den Brunnen werfen. Direkt auf ihre toten, geschändeten Schwestern. Oh Gott! Als er das Seil aufgeschnitten hatte, bückte er sich und griff unter Marias Arme, um sie über die Steinbrüstung des Brunnens zu hieven.

Das war der Moment, in dem ich tatsächlich aufhörte zu denken. Ich griff das Nächste, was ich greifen konnte, kam mit einem Satz hinter dem Holzstapel hervor und sprintete das kurze Stück über den Hof. In seinem Blutrausch musste er irgendetwas bemerkt haben, denn er schaute in seiner gebückten Haltung kurz nach hinten, sah mich, ließ Maria über die Brüstung fallen und wollte sich aufrichten, aber da war ich schon bei ihm und knallte ihm mit voller Wucht mit beiden Händen das Stück Holz, das ich in der Hand hielt, an den Hals.

Sein Schädel löste sich und fiel in den Brunnen. Der kopflose Mann kippte direkt auf Marias leblosen Körper.

Vor Schreck ließ ich das Holz fallen. Ich schrie und schrie und schrie. Hatte ich in dem Moment bereits gemerkt, was ich getan hatte?

Das Ende

Ich war fassungslos, orientierungslos, starr vor Schreck, ich weiß nicht, wie lange ich dort gestanden hatte, bevor ich im Schneematsch zusammensackte. Das Erste, was ich bewusst bemerkte: Es hatte zu tauen begonnen. Und dann sah ich die blutige Axt im Schnee liegen. Ich hatte Linnemann mit einer Axt enthauptet. Wimmernd saß ich im Schnee, unfähig aufzustehen, unfähig, mich zu bewegen. Wie lange? Ich weiß es nicht. Bis eine Stimme rief: „Nicole!“

Ich konnte mich nicht rühren. Ich konnte nicht aufstehen. Ich konnte nicht denken. Ich stand wohl unter Schock.

„Nicole!“ Ein roter Bart beugte sich zu mir herunter. „Um Gottes willen, Mädchen, was ist denn hier los?“, sagte Dennis Rübezahl fassungslos. Er zog mich hoch, fasste mich unter den Armen und schleifte mich in die Küche, wo er mich auf der Bank vor dem warmen Ofen niedersinken ließ.

Ich fühlte mich, als wäre ich Teil eines Films. „Wo kommst du her?"

„Ich habe den Tunnel entdeckt."

„Sarah?", fragte ich.

„Ja, ich habe auch Sarah gefunden, bleib hier, ich hole Hilfe!", sagte er und strich mir sanft über den Kopf. Hilfe. Ja, Hilfe, das war es, was ich jetzt brauchte. „Maria", sagte ich. „Maria lebt noch. Da draußen."

Dennis rannte zurück in den Hof und fotografierte mit seinem Handy den Tatort. Dann zog er den kopflosen Linnemann von Marias leblosem Körper herunter. Der große Mann legte sich Maria über die Schulter und brachte sie zu mir auf die warme Ofenbank.

„Bald wird Hilfe hier sein", versprach er und verschwand. Ich hörte wohl seine Worte und die Tür der Gerätekammer. Konnte ich ihm trauen? Oder war er ebenso mörderisch wie sein Vater? Es blieb mir nicht viel mehr übrig als zu bleiben, wo ich war. Ich zitterte und bibberte am ganzen Körper, ich war vollkommen unterkühlt. Keine Ahnung, wie lange ich dort gesessen und Löcher in die Luft gestarrt hatte. Ich hatte an nichts gedacht, während ich immer wieder Marias Gesicht in meinem Schoß streichelte.

Zentralkrankenhaus Suhl

„Nein, natürlich hast du an nichts anderes gedacht, du standst ja total unter Schock“, sagt Maik.

Jetzt, wo ich alles erzählt habe, geht es mir besser. Maik weiß nun alles, er wird wissen, was das Richtige für mich ist.

„Dir war also gar nicht klar, dass du tatsächlich eine Axt in der Hand hattest?“, fragt er.

„Ich habe nicht gedacht, Maik, ich habe gehandelt. Vielleicht dachte ich, dass es einfach nur ein Stück Holz wäre, vielleicht dachte ich, dass es der Hammer sei, den ich mitgenommen hatte, vielleicht wusste ich instinktiv, dass es eine Axt war? Ich weiß es selbst nicht. Ich habe das Nächstliegende gegriffen. Werden sie mich jetzt des Mordes beschuldigen?“

„Mord scheidet sowieso aus. Um für einen Mord angeklagt zu werden, muss man dir Vorsatz nachweisen. Du kanntest den Mann ja nicht einmal. Darüber brauchst du dir keine Gedanken zu machen. Wenn überhaupt, könnte man den Straftatbestand Totschlag formulieren.“

„Im wahrsten Sinne des Wortes“, sage ich. Sogar jetzt kann ich mir das Wortspiel nicht verkneifen.

„Du hast eben gesagt, dass du das Holz mit beiden Händen umklammert hast, damit du fest zuschlagen konntest. Wenn du ihn also mit Vorsatz hättest umbringen wollen, hättest du ihm die Axt doch nicht von hinten oder von der Seite auf den Kopf geschlagen, sondern von oben, dann wird der Kopf gespalten."

Ich liege in den weichen Kissen und starre die Decke an. „Maik, ich habe einen Menschen getötet."

„Dieser Mensch war ein Monster", sagt Maik. „Das war Notwehr."

„Soll mich das beruhigen? Er hat schließlich niemanden getötet."

Maik nickt. „Ja, das stimmt. Aber er war dabei, deine Freundinnen zu töten. Oder was glaubst du, was er mit denen im Brunnen anstellen wollte? Der Mann war offensichtlich in einem Blutrausch."

„Das beweise mal." Während ich Maik die Geschichte erzählt habe, ist mir klargeworden, dass ich tatsächlich in einer schweren Bredouille stecke. Denn ich kann nicht beweisen, dass Linnemann meine Freundinnen hat töten wollen und ich in simpler Notwehr gehandelt habe.

„Es gibt keine Zeugen dafür", sage ich.

„Wo sind eigentlich Sarah, Maria und Jennifer?", fragt er.

„Sie haben sie mit Rettungswagen abtransportiert."

„Dann sind sie wahrscheinlich hier im Krankenhaus." Maik denkt einen Moment nach. „Warte mal, ich frage nach. Die heißen alle Illner mit Nachnamen?"

Ich nicke.

„Ich schau mal, ob ich sie hier finde, bleib ganz ruhig liegen, Nicoschka."

Ich will noch sagen: „Geh nicht!", da öffnet sich die Tür.

Sarah! Meine Sarah!

Sie schaut von mir zu Maik und von Maik zurück zu mir. „Da habe ich wohl was verpasst", sagt sie. Sarah stakst auf zwei Krücken zu meinem Bett und lässt sich darauf nieder. Ich umarme sie, ganz fest, am liebsten will ich sie nie wieder loslassen.

„Irgendwas kaputt oder gebrochen?“, fragt sie.

Maik legt den Kopf zur Seite. Er konnte meine beste Freundin schon immer gut leiden. „Die Gliedmaßen von Nico sind im Gegensatz zu deinen noch heil.“

„Mein Bein ist gebrochen und die Hüfte ausgerenkt!“, sagt Sarah.

„Hast du was von Maria und Jenny gehört?“

„Sie sind okay, sie kommen langsam zu sich. Die beiden müssen mit einer Pferderation betäubt worden sein.“

„Hast du schon mit ihnen gesprochen?“

„Ich komme gerade von ihnen. Sie sind noch desorientiert. Dafür ist die Polizei bei ihnen. Wir stehen unter Polizeischutz. Du nicht?“

„Dafür ist Maik da“, sage ich. In diesem Moment fällt mir ein, dass Sarah von der blutigen Tragödie in ihrem Hof so gut wie nichts mitbekommen hat.

„Hast du etwas von Thomas gehört?“

„Nein.“

Das beruhigt mich. „Und von Dennis?“

„Auch nichts. Dennis hat uns gerettet, nicht wahr?“

„Maik?“, sage ich. Er muss dringend die Polizei anrufen. Es gibt einen Mörder, der noch frei herumläuft.

„Ja, ich wollte dich vorhin nicht unterbrechen, als es in deiner Erzählung gerade besonders schlimm wurde“, sagt er.

„Hast du schon eine Aussage bei der Polizei gemacht?“, frage ich Sarah.

„Ja, gerade eben."

Maik nimmt das Telefon und geht ans Fenster des Krankenzimmers. Er lässt sich mit Kriminaloberkommissar Reinhard verbinden und ordert Polizeischutz für mich an. „Nicole ist jetzt bereit, ihre Aussage zu machen."

„Hier?", frage ich, als er zurück zum Bett kommt.

„Ja, hier. Das ist besser als in dem Vernehmungszimmer, wo du dich fühlst wie eine Angeklagte. Du bist Zeugin. Nicht mehr und nicht weniger."

Sarah schaut mich an. „Muss ich mir Sorgen um dich machen?"

Maik antwortet für mich. „Nein, es reicht, wenn ich für sie sorge."

Sarah hat mich immer für verrückt gehalten, dass ich mich von Maik getrennt habe. „Musst du eigentlich alle netten Männer vergraulen?", hatte sie mich gefragt.

Als Schröder und Reinhard eintreffen, wird Sarah wieder in ihr Bett geschickt.

Maik erklärt den beiden, dass ich, bevor ich den gesamten Tathergang erläutern könnte, eine wichtige Aussage zu machen habe.

„Sie müssen sofort Thomas Illner verhaften. Er hat Ulrike Linnemann erdrosselt. Ich habe es gesehen."

Nachdem die beiden telefoniert haben, mache ich meine Aussage. Ich versuche, so konfus wie möglich zu erscheinen, was mir nicht schwerfällt. Denn ich bin immer noch völlig durcheinander. Sie haken an den gleichen Stellen nach wie Maik vorher.

„Ich wusste nicht, was ich tue", sage ich.

Oder: „Keine Ahnung, ich habe gehandelt wie ein Roboter."

Und: „Ich war in Panik."

Maik lächelt jedes Mal zustimmend, wenn ich meine Konfusion betone. Er hat ihnen die Erlaubnis erteilt, das Gespräch aufzuzeichnen.

Besonders interessiert sind sie an der Geschichte mit der Axt. Das war klar, und ich bin gewarnt.

„Ich weiß nicht, wessen Axt das war. Ich weiß nicht, wer sie zurückgestellt hat. Ich habe einfach etwas gegriffen, was da lag."

Ob ich an den Hammer gedacht hätte, fragen sie, ich sage: „Ich habe überhaupt nicht gedacht, ich musste handeln, schnell, ich war in Panik."

Protokoll der Aussage von Jennifer Illner

Mein Name ist Jennifer Illner, geboren am 27.03.1997 in Berlin, wohnhaft in Berlin.

Ich wollte zusammen mit meiner Mutter Maria Illner die Weihnachtstage auf dem Thüringer Hof meiner Schwester Sarah verbringen. Ebenfalls zu Besuch in Thüringen war Sarahs Freundin Nicole Pepper. Am Heiligabend haben uns Thomas und Brigitte Illner besucht, Thomas Illner ist der Exmann meiner Mutter und Brigitte Illner ihre Schwester. Mit dabei waren außerdem die Söhne von Thomas, Dennis und Robin, sowie Robins Ehefrau Kira, die alle in Thüringen wohnen. Am Heiligabend kam es zwischen meiner Mutter und dem Thüringer Teil der Familie zu einem Streit, was dazu führte, dass die Thüringer Sarahs Haus verließen.

In der Heiligen Nacht fing es an zu schneien, und am kommenden Tag fiel auf dem Hof meiner Schwester der Strom aus. Es hatte so heftig geschneit, dass die Zufahrten zum Hof völlig zugeschneit waren. Diese wurden auch in den nächsten zwölf Tagen nicht geräumt, so dass wir auf dem Hof festsaßen. Aufgrund des Stromausfalls und des Funklochs konnten wir keine Hilfe rufen.

Bereits in der zweiten Nacht auf dem Hof habe ich verdächtige Geräusche gehört und meinte, dass jemand in meinem Zimmer gewesen wäre. Man beruhigte mich, dass ich einen Albtraum gehabt hätte. Allerdings wiederholten sich die merkwürdigen Geräusche in den kommenden Nächten, und es wurden auch Fellstücke und Stroh im Haus gefunden. Nach dem ersten Schrecken kamen wir zu der Auffassung, dass sich jemand auf unsere Kosten einen Scherz erlauben würde. Allerdings gab es keinen sichtbaren Zugang zum Hof meiner Schwester. Da das Haus mit Strom beheizt wird und dieser ausgefallen war, ließen wir die Türen der Schlafkammern geöffnet, damit ein bisschen Wärme durch die Ofenrohre in alle Zimmer kam. Am dritten Januar beschlossen wir, die Zimmertüren zu schließen, weil jede von uns das Bedürfnis hatte, alleine zu sein. In der nächsten Nacht wurde ich aus meinem Bett entführt. Das Letzte, woran ich mich entsinne, war, dass ich früh zu Bett ging. Wir hatten mangels Vorräten wenig gegessen, aber mehrere Gläser Wein getrunken. Erst im Krankenhaus in Suhl bin ich wieder aufgewacht.

Protokoll der Aussage von Maria Illner

Mein Name ist Maria Illner, geborene Busse, geboren am 12. Juli 1961 in Schnett, Thüringen, wohnhaft in Berlin.

Zusammen mit meiner Tochter Jennifer wollte ich meine Tochter Sarah über Weihnachten auf ihrem Hof in Thüringen besuchen.

Ich bin mit Sarah 1989 aus Thüringen über Ungarn in die BRD geflohen. Sarah hat den Hof im Sommer letzten Jahres von Hans Illner geerbt, der laut ihrem Geburtsschein ihr Onkel ist, aber in Wahrheit ihr Vater. Dass Sarah nicht die Tochter meines geschiedenen Mannes Thomas Illner war, hat sie erst am Heiligen Abend erfahren.

Sarah hat am vierundzwanzigsten Dezember die ganze Familie Illner zum Abendessen eingeladen: meinen Exmann Thomas, seine jetzige Ehefrau, meine Schwester Brigitte Illner, geborene Busse, seine Söhne Dennis und Robin sowie dessen Ehefrau Kira. Außerdem war an diesem Abend noch Sarahs beste Freundin Nicole Pepper anwesend. Sarah wollte offensichtlich eine große Versöhnungsfeier veranstalten, was daran scheiterte, dass ich einige Lügen der Vergangenheit aufgedeckt habe, so zum Beispiel die Abstammung meiner Tochter Sarah, aber auch die von Robin Illner, der immer als mein Sohn ausgegeben worden war, jedoch der Sohn meiner Schwester Brigitte ist.

Es fing am Heiligen Abend an zu schneien und schneite

die ganze Nacht. Obwohl man im Dorf hatte wissen müssen, dass der Illnerhof über Weihnachten bewohnt war, wurde die Zufahrtstraße nicht geräumt. In der Nacht fiel außerdem der Strom aus, so dass wir ohne Heizung und Telefon waren. Ich habe von Anfang an vermutet, dass mein geschiedener Mann hinter diesen Ausfällen steckte. Die Eheleute Linnemann, die angeblich während der Weihnachtsfeiertage verreist waren, kümmerten sich normalerweise um die Räumung der Straße. Man wollte wohl verhindern, dass meine Tochter Sarah in der Gegend ein weiteres Hotel betreiben würde, deshalb hat man uns diesen widrigen Umständen ausgesetzt. Diese Umstände verhinderten auch, dass ich mit meiner Tochter Jennifer wie geplant am siebenundzwanzigsten Dezember abreisen konnte.

Bereits in den ersten Nächten hörten wir verdächtige Geräusche im Haus. Darüber hinaus wurden Fellstücke und später auch Stroh gefunden. Das erinnerte mich an einen alten Brauch aus Schnett, bei dem Frauen in Masken und Fellbekleidung in der Hullefraansnocht die Einwohner mit Ruten jagten. Deshalb war ich davon überzeugt, dass es sich bei dem Hausgeist um meine jüngere Schwester Brigitte handeln musste, denn sie kannte diesen Brauch aus unserer Heimatstadt.

In der Nacht vom vierten auf den fünften Januar verschwand meine Tochter Jennifer spurlos. Wir sind deshalb zu der Überzeugung gekommen, dass jemand Zugang zu dem Haus meiner Tochter hatte. Obwohl wir den gesamten Hof durchsucht haben, konnten wir keinen Aus- oder Zugang finden. Deshalb habe ich mich in der

Nacht zum sechsten Januar im Erdgeschoss auf die Lauer gelegt. Und tatsächlich betrat gegen drei Uhr morgens eine als Hullefrau verkleidete Gestalt die Diele. Ich habe sie daraufhin erschreckt, die Gestalt ist durch die Gerätekammer in einen geöffneten Schacht geflohen. Ich bin hinterher gelaufen und auf die Gestalt gesprungen, bevor diese den Schacht hat schließen können. Allerdings schloss sich der Schacht direkt hinter mir. Die Gestalt hat sich aufgerappelt und ist weggelaufen, ich bin ihr mit der Taschenlampe in der Hand gefolgt.

Ungefähr in der Mitte des Schachtes habe ich versucht, die Gestalt von hinten zu packen, sie hat sich gewehrt, so dass ich ihr von hinten einen leichten Schlag mit der Taschenlampe verpasst habe. Die Gestalt ist hingefallen und hat sich dabei verletzt. Unter der Maske hatte sich, wie ich bereits vermutet hatte, meine Schwester Brigitte versteckt. Ich habe von ihr ein Foto zur Dokumentation gemacht, der Fotoapparat ist von der Polizei im Haus der Linnemanns gefunden worden. Darauf ist deutlich zu erkennen, dass meine Schwester zu diesem Zeitpunkt noch lebte. Es blieb mir nichts anderes übrig, als meine Schwester verletzt auf dem Boden liegen zu lassen und einen Ausgang zu suchen. Der Schacht war nicht sehr lang, am Ende führte eine kleine Leiter in ein Haus. In dem Haus war es dunkel. Ich bin hochgeklettert, um Hilfe für meine Schwester zu holen. Ich habe mich mit der Taschenlampe im Erdgeschoss umgeschaut, es schien sich dort niemand aufzuhalten. Dann öffnete ich die Tür zum Wohnzimmer und sah im Schein der Taschenlampe meine Tochter. Sie saß auf dem Sofa, inmitten einer Schar von Babypuppen. Sie hatte die Augen fest geschlossen und reagierte weder auf mein Rufen noch auf eine Berührung. Schnell habe ich auch davon ein Foto gemacht, allerdings wurde dann plötzlich die Tür geöffnet und das Licht angeschaltet. Ich glaube, ich habe den Fotoapparat fallen lassen vor Schreck.

„Sieh da, die Maria“, sagte die Frau, die im Türrahmen stand. Die Frau schien mich zu kennen, aber ich hatte keine Ahnung, wen ich vor mir hatte.

„Wer sind Sie?“, fragte ich.

„Ich bin Ulrike, deine Schwester.“

Ich war vollkommen verblüfft. „Ich habe keine Schwester namens Ulrike. Und was haben Sie mit meiner Tochter gemacht?“

Die Frau rief durch die geöffnete Tür: „Ruprecht, komm mal runter, helfen!“ Dann wandte sie sich wieder an mich: „Oh doch, doch, ich bin deine Schwester. Du musst dich an mich erinnern, ich bin die Ulrike vom Kirchberg, entsinnst du dich? Die, die unser Vater nie kennen wollte, obwohl meine Mutter seine große Liebe war.“

„Das hat jede zweite Frau im Dorf geglaubt“, erwiderte ich und fragte dann, was sie mit meiner Tochter gemacht habe. In mir stieg Panik auf.

Ulrike fing an zu kichern. „Deine Tochter ist faul, faul, faul. Ich habe es gehört und gesehen. Du weißt doch, wie Frau Holle Faulheit bestraft.“

In dem Moment kam Ruprecht nach unten. Ich vermutete, dass es sich um ihren Ehemann handelte. Er hatte einen gestreiften Schlafanzug an und sah aus, als käme er direkt aus dem Bett.

„Im Schacht liegt meine Schwester Brigitte, die braucht Hilfe, ich habe sie verletzt“, sagte ich.

„Noch ein Opfer für Holla. Stopf ihr das Maul!“, sagte Ulrike zu ihrem Mann. Der brummte etwas Unverständliches und ging zum Wohnzimmerschrank, aus dem er etwas herauszog. Als ich sah, wie er mit einer Spritze auf mich zukam, versuchte ich wegzulaufen, aber Ulrike stellte mir ein Bein, ich stolperte und fiel hin. Ulrike setzte sich auf mich.

„Sie hat nie richtig arbeiten müssen in ihrem Leben, sie hat alles vorn und hinten reingestopft bekommen, sie ist faul, faul, faul. Hörst du, Holla, sie ist faul, im Gegensatz zu mir. Ich musste meine Leben lang schuften. Gib mir mein Kind, gib es mir, ich habe es verdient, nicht sie!“

Ulrike schrie die letzten Worte. Ihr Mann reichte ihr die Spritze, und obwohl ich mich wehrte, stach sie mir die Spritze in den Arm. Danach verschwamm alles, an mehr kann ich mich nicht erinnern.

Protokoll der Aussage von Dennis Illner

Mein Name ist Dennis Illner, ich bin am 16. September 1991 hier in Thüringen geboren, wohnhaft ebenfalls hier in Thüringen.

Im August vergangenen Jahres hat Sarah Illner von meinem Onkel Hans den Illnerhof geerbt. Auf diesen Hof hat Sarah zu Weihnachten ihre Mutter Maria und ihre Halbschwester Jennifer sowie ihre Freundin Nicole Pepper eingeladen. Zur Feier des Heiligen Abends wurden auch meine Eltern Brigitte und Thomas Illner sowie mein Bruder Robin und seine Ehefrau Kira und ich von Sarah eingeladen. Bei der Feier gab es Streit zwischen dem Thüringer Teil der Familie und Maria Illner, die im Herbst 1989 in die BRD geflüchtet ist. Bis zu diesem Abend glaubte ich, dass Sarah meine Halbschwester sei und Robin der Sohn von Maria Illner und meinem Vater. Am Heiligen Abend sagte Maria Illner uns endlich die Wahrheit: Mein Bruder Robin ist ebenfalls der Sohn meiner Mutter Brigitte und wurde nur als Marias Sohn ausgegeben, weil meine Mutter zum Zeitpunkt der Zeugung erst fünfzehn Jahre alt war. Sarah Illner ist nicht, wie im Geburtsschein angegeben, meine Halbschwester, sondern die Tochter meines verstorbenen Onkels Hans, also meine Cousine.

Mein Vater wies uns sehr früh am Abend an, Sarahs Hof zu verlassen. Ich habe mitbekommen, dass meine

Eltern sich darüber unterhalten haben, wie man Sarah und ihre Familie für immer vom Hof vertreiben könnte. Wir müssen ihnen einen gehörigen Schrecken einjagen, sagte mein Vater. Ich selbst bin am nächsten Morgen zusammen mit meinem Bruder Robin und seiner Frau Kira nach Oberwiesenthal zum Skifahren aufgebrochen und erst am Abend des fünften Januars zurückgekommen. Am Morgen des sechsten Januars fiel mir auf, dass die Zufahrt zum Hof von Sarah nicht geräumt war. Ich bin daraufhin über den Forstweg durch den Wald zum Gehöft der Linnemanns gefahren, von denen ich annahm, dass sie ebenfalls aus dem von ihnen gebuchten Urlaub zurückgekehrt sein müssten. Der Forstweg war wie üblich zwar nicht geräumt, aber durch ein landwirtschaftliches Fahrzeug befahrbar gemacht worden, im Gegensatz zu der Straße, die vom Hirtenhaus zu dem Illnerhof führte. Ich hatte plötzlich ein schlechtes Gefühl, denn ich wusste, dass Sarah und ihre Freundin noch auf dem Illnerhof sein müssten.

Da niemand auf mein Klopfen und Klingeln reagierte, das Auto der Linnemanns aber in der Auffahrt stand, öffnete ich die Haustür, die nicht verschlossen war.

Ich rief nach Ulrike und Ruprecht Linnemann, doch niemand antwortete. Da sah ich mitten in der Diele eine geöffnete Falltür mit einer Leiter, die hinabführte. Ich wusste nicht, dass das Haus unterkellert war, und stieg die Leiter in den vermeintlichen Keller hinab. Aber es handelte sich nicht um einen Keller, sondern um einen Tunnel. Der Tunnel war sehr spärlich mit Batterielampen beleuchtet. Ich tastete mich vorwärts, um zu schauen, wohin er führte. Kurz hinter dem Einstieg lag Jennifer Illner. Sie war gefesselt und bewusstlos.

Schnell rannte ich weiter geradeaus. Der Tunnel maß keine dreihundert Meter, er muss quer durch den Berg zum Illnerhof führen. Am Ende des Tunnels lag meine Cousine Sarah. Sie war bei Bewusstsein, hatte sich aber verletzt und konnte sich nicht bewegen. Sie bat mich, ihrer Freundin Nicole zu Hilfe zu kommen. Ruprecht Linnemann sei durchgedreht, ihre Mutter lebte, wäre aber von Linnemann bewusstlos aus dem Schacht gezogen worden. Sie habe keine Ahnung, was er mit ihr und ihrer Schwester Jennifer anstellen wollte. Daraufhin bin ich aus dem Schacht geklettert und in der Vorratskammer von Sarahs Haus gelandet. Als ich in die Küche kam, sah ich durch die geöffnete Küchentür Nicole Pepper im Schnee sitzen. Ich bin raus in den Hof und habe dort über der Brunnenwand liegend Maria Illner gefunden. Auf ihr drauf lag der kopflose Körper von Ruprecht Linnemann. Im Schnee, neben Nicole, lag eine blutige Axt, eine weitere blutige Axt lag auf dem Brunnenrand.

Ich habe Nicole, die offensichtlich unter Schock stand und nur Unverständliches vor sich hinbrabbelte, in die Küche gebracht und auf die Ofenbank gesetzt. Dort sagte sie mir, ich solle Maria holen, Maria würde noch leben. Ich bin dann wieder hinaus in den Hof gerannt und habe Maria unter dem leblosen Körper von Ruprecht Linnemann weggezogen und in die Küche getragen. Die Frau war bewusstlos. Bei einem Blick in den Brunnen habe ich gesehen, dass darin noch mehr leblose Körper lagen, ich erkannte aber nur das Gesicht von Ulrike Linnemann. Dass meine Mutter ebenfalls tot in dem Brunnen lag und bestialisch zugerichtet war, habe ich erst später erfahren, weder meine Cousine Sarah noch Nicole Pepper haben mich darüber informiert.

Ich habe versucht, vom Hof aus Hilfe zu alarmieren, aber das Telefon funktionierte nicht. Also bin ich zurück durch den Schacht, um vom Haus der Linnemanns aus die Polizei und Krankenwagen zu alarmieren. Aber das Telefon war aus der Wand gerissen worden und kaputt. Ich bin dann so schnell es ging über den Forstweg ins Dorf gefahren und habe, sobald wo es wieder Handyempfang gab, den Notruf gewählt. Außerdem habe ich dafür gesorgt, dass die Zufahrt zum Illnerhof umgehend von unserem Winterdienst geräumt wurde.

Thüringer Allgemeine

Wer tötete wen, wann und warum

Meiningen. War es Totschlag oder Notwehr? Fest steht: Ulrike Linnemann wurde am sechsten Januar dieses Jahres in einem Schacht im Thüringer Wald getötet. Angeklagt vor dem Landgericht Meiningen ist Thomas Illner. Er soll sie erdrosselt haben, nachdem die Fünfzigjährige seine Ehefrau Brigitte Illner getötet hat. Ein DNA-Test wies nach, dass Ulrike Linnemann und Brigitte Illner Halbschwestern waren.

Der Prozess ist das Ende eines Familiendramas, das sich Anfang des Jahres im Landkreis Hildburghausen abgespielt hatte. Vor Gericht sagte Nicole P. aus, dass sie die Tat beobachtet habe, aber aus Gründen der eigenen Sicherheit nicht habe eingreifen können. Es habe sich aber eindeutig nicht um Notwehr gehandelt, denn die Ehefrau des Angeklagten sei zu diesem Zeitpunkt bereits tot gewesen. Die bereits verletzte Brigitte Illner war von Ulrike Linnemann brutal zu Tode getreten und erschlagen worden. Dies bestritt der vierundsechzigjährige Angeklagte.

Das Gericht schloss sich der Forderung des Verteidigers an, den Vorwurf des Totschlags fallen zu lassen, da nicht zweifelsfrei bewiesen werden konnte, dass Brigitte Illner zum Zeitpunkt der Tat bereits nicht mehr gelebt habe.

Die Leichen von Brigitte Illner und Ulrike Linnemann waren später in einem Brunnen gefunden worden, wohin sie Ruprecht Linnemann, der Ehemann von Ulrike, geschafft hatte. Darin hatte er sie brutal verstümmelt. Zeugen sagten aus, dass das Ehepaar Linnemann bereits seit einiger Zeit einen verwirrten Eindruck machte, vermutlich, weil die Ehe trotz etlicher Bemühungen kinderlos geblieben war. Ein Arzt hatte Ulrike Linnemann eine bipolare Störung attestiert. Eine weitere Schwester und die Nichte von Brigitte Illner überlebten das Massaker nur knapp durch das Eingreifen der Zeugin Nicole P. Mit der Enthauptung Linnemanns fand das blutige Drama ein Ende, das wie kaum ein zweites die Öffentlichkeit in Thüringen schockierte.

Der Angeklagte gab zu, dass er mit allerlei Mummenschanz versucht habe, Sarah Illner, die Erbin des Hofes seines Bruders, aus Thüringen zu vertreiben. Dabei habe man sich alter thüringischer Brauchtümer bedient. Nicht nur der Polizei waren die Anspielungen auf die Märchen und Sagen rund um Frau Holle aufgefallen.

23. Dezember, New York

„Auf uns“, sage ich und hebe mein Glas, in dem ein sündhaft teurer französischer Champagner perlt.

„Auf Nico und Maik“, sagt Sarah.

„Fröhliche Weihnachten.“ Maria und Jennifer haben ebenfalls ihr Glas erhoben.

Wir sind am Abend in New York gelandet und genießen jetzt im *View*, dem legendären Drehrestaurant im *Marriott Marquis*, die Aussicht auf den Broadway.

„Schade, dass ich nicht schon letztes Jahr auf den Gedanken gekommen bin, euch alle dazu einzuladen, mit mir Weihnachten in New York zu verbringen“, sagt Sarah.

„Ja“, sage ich, „das hätte uns viel erspart.“

„Andererseits hätte ich mir das ohne den Verkauf des Hofes in Thüringen auch nicht leisten können.“

Aus den Lautsprechern quillt „Last Christmas“ in einer weichgespülten Instrumentalversion. Das Lied hat für uns alle jetzt eine völlig neue Bedeutung.

„Ich freue mich besonders auf den erleuchteten Weihnachtsbaum im Rockefeller Center“, sagt Maria. „Wie ich die Dunkelheit hasse. Ich kann gar nicht genug kriegen von diesen Lichtern, von diesem großstädtischen Leuchten und Flackern, je heller und greller, desto besser. Bloß keine Kerzen mehr!“

„Da bist du hier ja richtig. Ich will morgen früh zu *Saks* in die Fifth Avenue.“ Jenny, natürlich.

„Weihnachtsmesse in einer Baptist Church in Harlem ist Pflicht“, beharrt Sarah. „Ansonsten bin ich zu jeder Schandtat bereit.“

„Freiheitsstatue. Nicoschka, kommst du mit mir morgen früh auf die Freiheitsstatue?“

„Ich folge dir überallhin“, sage ich und sehe, wie Sarah und Maik sich einen verschwörerischen Blick zuwerfen. Weiß Sarah etwas, was ich nicht weiß?

Sarah schaut auf die Uhr: „Die Maschine aus Frankfurt mit Dennis müsste gerade gelandet sein.“

Unser Retter hat sich versetzen lassen. Er ist jetzt Revierförster im Elbsandsteingebirge. Wir haben Rübezahl versprochen, ihm etwas zum Abendessen aufzuheben, falls die Küche schon geschlossen haben sollte, wenn er im *Marriott* eintrifft.

Natürlich waren die Tage vor Weihnachten auch dieses Jahr wieder der schiere Wahnsinn in meiner Agentur. Immerhin hatte ich im Sommer eine satte Gehaltserhöhung bekommen. Wenn man einmal barfuß durch die Hölle gelaufen ist, kommt einem jede Belastung danach nur noch unbedeutend vor. Man lernt daraus Demut und vor allem Dankbarkeit. Alles, was vorher selbstverständlich schien, ist plötzlich etwas Besonderes, was man sorgfältig pflegen muss. Wie die Freundschaft zu Sarah. Oder die Liebe zu Maik, den ich mit meiner Beziehungsangst fast aus meinem Leben hinausgedrängt hätte.

Maik hat mich in Thüringen gerettet. Er hat verhindert, dass die Staatsanwaltschaft ein Verfahren gegen mich einleitet. Seitdem weiß ich, was ein *Putativnotwehrexzess* ist. Der ist nämlich straffrei, wenn der Täter aus Verwirrung,

Furcht oder Schrecken sein vermeintliches Notwehrrecht in stärkerem Maße als zulässig und erforderlich ausübt. Dass ich verwirrt, verschreckt und panisch war, konnte niemand bestreiten. Dafür gab es Zeugen.

Ich habe Ruprecht Linnemann enthauptet, weil ich ihn davon abhalten wollte, meinen wehrlosen Freundinnen etwas anzutun.

Geholfen haben mir neben Dennis vor allem die Aussagen der Dorfbewohner, die Ruprecht Linnemann einen Hang zur Gewalttätigkeit bescheinigten. Aufgrund der Aussagen von Maria und Jennifer kamen die Sachverständigen zu der Ansicht, dass Ruprecht einen akuten Schizophrenie-Schub erlitten haben muss. Der Hausarzt der Linnemanns bestätigte, dass Ulrike Linnemann manisch-depressiv gewesen sei, was seit Jahren medikamentös behandelt wurde.

Seitdem ich wieder zurück in Berlin bin, gehe ich regelmäßig zu einer Psychiaterin, um einer posttraumatischen Belastungsstörung gar nicht erst Raum zu geben. Trotzdem frage ich mich oft nachts, wenn ich schweißgebadet aufwache, ob ich das Recht hatte, einem anderen Menschen das Leben zu nehmen. Putativnotwehrexzess hin oder her.

Unsere Crabcakes kommen. Vor den Lichtern am Times Square tanzen plötzlich dicke, weiße Flocken. Jetzt kann es Weihnachten werden.

Liebe Leserin, lieber Leser,

vielen Dank, dass Sie „Die 12. Nacht“ gelesen haben. Ich hoffe, dass Sie sich damit ein paar spannende Stunden Auszeit nehmen konnten. Es hat mir Spaß gemacht, Sie in den Thüringer Wald und in die alten Sagen entführen zu dürfen. Als ich kurz nach dem Fall der Mauer das erste Mal beruflich nach Thüringen kam, habe ich mich sofort in dieses wunderschöne Land und seine warmherzigen Menschen verliebt.

Natürlich bin ich gespannt, wie Ihnen das Buch gefallen hat. Schreiben Sie mir, ich verspreche Ihnen eine Antwort:

nikalubitsch@yahoo.de

Wenn Sie mehr über mich erfahren wollen, besuchen Sie mich doch auf Facebook:

www.facebook.com/NikaLubitsch

oder lesen Sie über die wundersame Welt der Nika Lubitsch auf meinem Blog

www.nikalubitsch.de

Wenn Sie mit meinem Newsletter über Neuerscheinungen und Preisaktionen informiert werden wollen, senden Sie bitte eine Mail mit dem Stichwort „Newsletter“ an

info@nikalubitsch.de

Ich würde mich freuen, wenn Sie eine Rezension in Ihrem eBook-Shop abgeben. Im Voraus vielen lieben Dank für jedes einzelne Sternchen.

Leseprobe aus „Der 6. Geburtstag“

Cape Coral, Florida

Das Baby brüllte mit der ganzen Kraft seiner sechs Wochen alten Lungen. Sie hielt sich die Ohren zu und kniff die Augen zusammen. Gleich würde es vorbei sein. *Gleich.* Aber das Geschrei des Kleinen drang in ihr Gehirn, und der beißende Gestank der schmorenden Kabel reizte ihre Nase. *Hör auf zu schreien! Bitte! Sofort!* Die Flammen loderten bereits die Hauswand hinauf und färbten den türkisfarbenen, abblätternden Putz schwarz. Sie stand auf dem in der Sonne verdorrten Rasen hinter dem alten Bungalow und wartete darauf, dass das billige Dach endlich über ihm zusammenstürzen würde.

Ihr Leben hatte seinen Sinn verloren, dieses schreiende Kind hatte ihn ihr geraubt. Nie wieder würde sie glücklich sein. Sie hörte, wie die morschen Dachbalken in der Hitze ächzten. Gleich würde es vorbei sein.

Eine schwarze Rauchsäule stieg vor dem Rotary Park empor, der jetzt in der heißen Mittagszeit menschenleer war. Krähen kreischten aufgeregt und umflatterten in Erwartung einer fetten Beute wie Geier das brennende Haus. Die Spatzen, die sich sonst zu Hunderten in der Rose Garden Road auf der Stromleitung trafen, hatten sich bereits bei der ersten Qualmwolke in Sicherheit gebracht. Es würde nicht mehr lange dauern, bis jemand die Feuerwehr rief. Nebenan wohnte der Sheriff, aber sein

Wagen stand nicht auf der Garageneinfahrt. Auch die baufälligen Häuser gegenüber waren leer, welcher Rentner verbrachte schon freiwillig den August in Florida?

Selbst das Geräusch des berstenden Dachstuhls konnte das Geschrei des Babys nicht übertönen. Ätzender Qualm und der durchdringende Benzingestank trieben ihr die Tränen in die Augen. Als die schmelzende Decke Stück für Stück herabprasselte, hörte es sich an wie tosender Applaus. Der Beifall war diesmal nur für sie, denn sie war der Flyer, der Top auf jedem Stunt. Sie war die Schönste im Cheerleader-Team, und natürlich ging sie mit dem heißesten Jungen der Stadt: Steven, der Quarterback der Seahawks.

Touchdown! Das Stadion raste. Nein, es war das Gebrüll dieses Wurms, der all ihre Träume zunichtegemacht hatte. Sie sah die glühenden Balken hinabfallen, in der Ferne hörte sie die Sirenen der Feuerwehr. Sie holte noch einmal tief Luft, machte sich bereit zu ihrem letzten Flight, und dann stürzte sie sich in das brennende Haus.

Weitere Romane von Nika Lubitsch

Der 7. Tag

„Der 7. Tag“ ist ein hinterhältiger Kriminalroman mit unerwartetem Ausgang. Sybille und Michael sind ein glückliches Paar, jetzt endlich erwarten sie ein Baby. Da verschwindet Michael spurlos. Sybille befindet sich mitten in einem Albtraum, aus dem es kein Erwachen gibt. Als ihr Mann erstochen aufgefunden wird, gibt es nur eine Verdächtige: seine Ehefrau. Die Anklage lautet auf Mord. Während Sybille vor Gericht den Ausführungen der Zeugen zuhört, zieht ihr gemeinsames Leben an ihr vorbei. Am siebenten Prozesstag erkennt Sybille plötzlich die Wahrheit. Sie muss sie nur noch beweisen.

Das Buch stand monatelang auf Platz 1 der Kindle-Bestsellerliste und ist in viele Sprachen übersetzt worden. Das Buch ist soeben von Oliver Berben im Auftrag des ZDF verfilmt worden. Sendetermin voraussichtlich Herbst 2017.

Das 5. Gebot

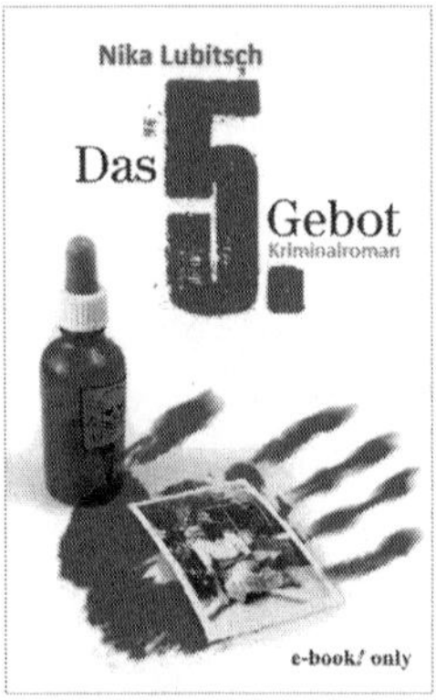

Die Engländerin Vicky findet beim Joggen im Berliner Grunewald eine Leiche, die aussieht wie eine Zwillingsschwester. Als ihre Mutter in England getötet wird und Vicky mit viel Glück einen Mordversuch überlebt, ahnt sie, dass es ein dunkles Familiengeheimnis geben muss. Die Suche nach der Wahrheit führt Vicky quer durch Europa und weit zurück in die Vergangenheit. Es beginnt ein Wettlauf mit dem Tod.

Auch der zweite Roman von Nika Lubitsch konnte wieder Platz 1 der Kindle-Bestsellerliste erreichen.

Das 2. Gesicht – Thriller

Nach einer überstürzten Hochzeit folgt Julia dem weltberühmten Thrillerautor George Osterman nach Amerika und findet sich unversehens mutterseelenallein in seinem luxuriösen Anwesen in Florida wieder – George zieht es vor, seine Thriller an einem geheimen Ort zu schreiben. Doch dann tauchen in den Everglades Leichenteile auf, deren Verstümmelungen Julia erschreckend an Georges Bücher erinnern. Wer ist der Mann, den sie geheiratet hat und der sich jetzt vor ihr in seinem Strandhaus versteckt? Gemeinsam mit ihrer Freundin begibt sie sich auf die Suche nach dem wahren Ich ihres Mannes. Sie werden in einen tödlichen Strudel von Ereignissen gerissen, zu denen George Osterman das Drehbuch schrieb.

Der 1. Mann – Kriminalroman

Lara und Oliver sind ein glückliches Paar – bis zu dem Tag, an dem der Arzt Lara eine niederschmetternde Diagnose stellt. Statt ihr in den dunkelsten Stunden beizustehen, wendet sich Oliver von Lara ab. Im Krankenhaus lernt Lara Simone kennen. Auch sie wurde von ihrem Mann im Stich gelassen. Die beiden Frauen schmieden einen perfiden Plan. Doch dann kommt alles ganz anders, und Lara findet sich im Zusammenhang mit drei Morden vor Gericht wieder …

Mord im 4. Haus

Bestialische Morde in einem Berliner Vorort: Eine ganze Familie sollte ausgelöscht werden, nur Jonas, der geistig behinderte Sohn, überlebt schwer verletzt das Massaker. Für die Justiz scheint der Fall abgeschlossen, der Nachbar wurde dafür lebenslänglich ins Gefängnis geschickt. Für dessen Frau ist die Gerichtsreporterin Sybille Thalheim die letzte Hoffnung. Sybille, die einst selbst unschuldig im Gefängnis saß, beginnt zu recherchieren und stößt dabei auf entsetzliche Zusammenhänge, die selbst die hartgesottene Reporterin tief erschüttern. Sie kommt einem Thema auf die Spur, das bis heute in den Medien totgeschwiegen wird. Als sie mit ihren Recherchen skrupellose Mitglieder eines international agierenden Syndikats aufschreckt, findet sie sich zusammen mit Jonas, dem überlebenden Sohn, gefesselt auf dem Boden eines DHL-Transporters wieder …

Ein Wiedersehen mit Sybille Thalheim, der Heldin aus „Der 7. Tag“.

Mord auf Seite 3

Als die Leiche der kleinen Zoe als Engel drapiert in einem Berliner Wald gefunden wird, soll die Journalistin Jessica ihre Geschichte für die Seite 3 schreiben. Kurz darauf erschüttert ein weiterer Mord die Öffentlichkeit – und diesmal ist Jessica direkt betroffen. Ihre geliebte Tante Angela, eine berühmte Krimiautorin, wurde in ihrem Landhaus erdrosselt, offensichtlich das Werk eines in Brandenburg fieberhaft gesuchten Frauenmörders. Jessica erbt nicht nur das Landhaus, sondern erfährt hier auch mit Schrecken von der dunklen Seite ihrer Verwandtschaft. Noch ahnt sie nicht, dass sie mit ihren Recherchen nicht nur einem Serienmörder zu nahe kommt.

Der 6. Geburtstag

Bei einem Ausflug in die White Mountains hat Joleen einen schweren Autounfall und fällt ins Koma. Ihre vierjährigen Zwillinge schweben ebenfalls in Lebensgefahr. Als wäre das nicht schon schlimm genug, will der Staatsanwalt Joleen des versuchten Mordes an ihren Kindern anklagen. Ihr Mann Robert glaubt nicht an Joleens Schuld, auch wenn viele Indizien gegen sie sprechen. Während Robert um das finanzielle Überleben der Familie kämpft, macht er eine dramatische Entdeckung. Sollte Joleen sterben, weil jemand ein entsetzliches Verbrechen zu verbergen sucht? Robert stürzt sich in die verzweifelte Suche nach der Wahrheit. Kann er seine Frau vor lebenslanger Haft bewahren und den Schleier von einem düsteren Geheimnis in ihrer Vergangenheit reißen?

Krimi-Reihe Kudamm 216:

Erbsünde

Die arbeitslose Journalistin Judith, Generation Praktikum, erhält einen Recherchejob bei der alten Krimiautorin Alice von Kaldenberg am „Kudamm 216". Dass sie bereits bei ihrem ersten Interview Opfer eines Verbrechens wird, stand nicht in ihrem Arbeitsvertrag. Zusammen mit ihren Kollegen soll sie die Hintergründe des Mordes an einem Berliner Schönheitschirurgen aufklären. Dabei wird schnell klar: Der Professor war kein Chorknabe und seine Familie hat so manch dunkles Geheimnis, das weit in die Vergangenheit führt und nicht nur Judith in Lebensgefahr bringt.

„Erbsünde" ist der Start in eine neue Reihe rund um das Team vom Kurfürstendamm 216. Der zweite Roman dieser Reihe wird im Frühsommer 2014 erscheinen.

Sommernachtsmord

Und noch ein heikler Auftrag für „Lady Kaa“ und ihr Team vom Kudamm 216:

In Berlin Wannsee werden zwei Leichen gefunden. Die Ermordeten hatten sich 1968 während einer Klassenfahrt abgesetzt, angeblich in das Heiratsparadies Gretna Green. Seitdem fehlte von ihnen jede Spur. Jetzt steht Konstantin von Kaldenberg unter Mordverdacht, denn die Ermordeten waren seine Geliebte und sein bester Freund. Kaldenberg gerät in Panik und bittet seine Exfrau, die Krimiautorin Alice, um Hilfe. Die Suche nach dem wahren Täter führt Alice und ihre Mitarbeiter nicht nur zurück in den „Sommer der Liebe“, sondern auch in eine geheimnisvolle und lebensgefährliche Welt aus Tausendundeinem Albtraum.

Erpresst

Panik am Kudamm 216: Alice von Kaldenberg, genannt Lady Kaa, ist spurlos verschwunden. Und das ausgerechnet während der Frankfurter Buchmesse, auf der ihr neuester Krimi vorgestellt werden sollte. Steht ihr Verschwinden in Zusammenhang mit dem Mord an Filmmogul Hermann Wiesenhagen, der Alice kurz zuvor in einer mysteriösen Angelegenheit um Hilfe gebeten hat? Als auch noch ein Schriftstellerkollege, mit dem sie in einer Talkshow über wahre Kriminalfälle diskutiert hat, tot in seinem Hotelzimmer aufgefunden wird, steht Alice plötzlich unter Mordverdacht. Der dritte Fall aus der Reihe Kudamm 216 stellt das Team und Exmann Konny vor große Herausforderungen. Werden sie Lady Kaa retten können?

Blogbuch

Snowbirds – Mein Winter in Florida

Welcome to Paradise: Millionen Menschen träumen davon, den Winter in Florida zu verbringen. „Später mal", das versprach sich auch Nika Lubitsch jedes Mal, wenn sie aus dem Urlaub zurückkehrte. Jetzt hat sie ihren Traum vom Überwintern im Sunshine State wahr gemacht und festgestellt, dass dort nicht nur Orangen blühen sondern auch Zitronen wachsen. In ihrer unverwechselbar schnodderigen Art hat die Berliner Bestsellerautorin ihre Erlebnisse gebloggt, in der Nachschau kommentiert und mit Tipps für Snowbirds versehen. Herausgekommen ist ein erfrischend anderer Führer durch den floridianischen Winter: Florida für Fortgeschrittene.

Social-Fiction-Thriller

Alligator Valley – Krokodile weinen nicht

Ein 13-Jähriger wird in einem Krankenhaus in Berlin gekidnappt. Im Golf von Mexiko wird ein Casinoschiff entführt. Beide Verbrechen haben das gleiche Ziel: Die Operation von alten Menschen soll erzwungen werden.

»Alligator Valley – Krokodile weinen nicht« führt den Leser ausgehend von den sechziger Jahren des vorigen Jahrhunderts in das Jahr 2053, dessen Realität uns näher ist, als wir denken. Nach einem Cyber-Krieg ist die Welt aus den Fugen geraten. Damit die Jungen genug zum Leben haben, werden Menschen über 75 Jahren nicht mehr ärztlich betreut. Alte, die es sich leisten können, kaufen sich in die Alligatorenstaaten ein. Diese Altenrepubliken sind nach dem Alligator benannt, der doppelt so alt wird wie jedes andere Krokodil.

Der 13-jährige Urs und seine Familie in Berlin sowie die TV-Frau Alice und ihre Freunde im »Alligator Valley« sind die Helden dieses Social-Fiction-Thrillers. Als durch einen rätselhaften Zwischenfall alle Satellitenverbindungen rund um den Globus zusammenbrechen, steht die Welt vor dem Kollaps, auf den sie seit Jahren hintaumelt.

Nur in den Alligatorenstaaten haben die Menschen damit kein Problem, denn die Alten haben die Technik und das Know-how von gestern. Ausgerechnet die ausgemusterten Alten könnten jetzt die Jungen retten. Aber wollen sie es auch?

Kurzgeschichten

Strandglut – 27 Short(s) Stories

Eine Weltreise für die Badetasche: Besuchen Sie eine mörderische Familie auf einer Südstaatenfarm oder Istanbul mit einem Berliner Gemüsehändler, stimmen Sie ein in den New York City Blues oder bangen Sie mit der Braut in Las Vegas. Besuchen Sie das Everl auf der Alm oder fliegen Sie mit einer Klatschreporterin in die aufgehende Sonne. Verlieren Sie Ihr Herz in Disney World und erleben Sie einen Sonnenuntergang in Acapulco. Die Daheimgebliebenen finden den Mörder von Adele und das Geheimnis des Brühwürfels, Sie gehen auf einen nächtlichen Raubzug in Berlin und zeigen einem Callboy, wie Mann es richtig macht. 27 hinterhältige Short Stories, mal romantisch, mal spannend, aber immer mit einem überraschenden Ende. Coole Geschichten für heiße Tage.

Inhaltsverzeichnis

Printed in Poland
by Amazon Fulfillment
Poland Sp. z o.o., Wrocław

14733865R00141